보통 사람의 글쓰기

이준기

보통
사람의
글쓰기

이준기 지음 · 박준이 그림

아시아

차례

1부 글쓰기의 원칙

2부 글쓰기의 거의 모든 것

한 가지 생각을 표현하는 데는 오직 한 가지 말밖에는 없다.

-귀스타브 플로베르

1부

글쓰기의 원칙

구체적으로 적고 감각적으로 표현하라

'맛있다'보다는 '달다, 시다, 짜다, 쓰다, 맵다'가 낫고, 그보다는 '달콤하다, 새콤하다, 짭조름하다, 쌉싸름하다, 매콤하다'가 낫다. 백 보 양보해도 '맛있다'는 '마시쩡'만 못하다. 두루뭉술하고 관념적이다. 혀의 감각과는 무관하다. 판단이며 생각이다. '맛있다'라고 말하는 순간 맛으로 가는 문은 굳게 닫힌다. 눈으로 보고, 코로 맡고, 혀로 굴려보고, 어금니로 조심스럽게 씹어보아라. 입안에서 맛이 어떻게 달라지는지 느껴라. 그 후에 보고 느낀 바를 구체적인 언어로 섬세하게 표현하자. 글쓰기는 '맛있다'를 지우고, 어떤 맛이 나는가를 적는 것부터 시작한다.

'재미있다' 역시 '파안대소(破顔大笑)'만 못하다. 얼굴(顔)을 깨뜨리며(破) 크게(大) 웃는다(笑)니, 굴욕사진이 남을 만큼 자지러지게 웃는 연예인이 떠오른다. 정말로 웃겼구나 싶다. 한자어라도 이만하면 순우리말 부럽지 않다. 반면 '정말 재미있다'는 '정말 정말' 재미있더라도 '꿀잼'만 못하다. 꿀잼은 아기자기한 맛이라도 있지 '재미있다'는 어감도 투박하고 의미도 불투명하다. '재미있다'는 표현은 문장에 남은 온기와 생기를 빨아들인다. 이 단어가 문장에 박히면 글이 죽는다.

'좋다'는 어떤가. 대체 얼마나 좋길래 '좋다'라 쓰고, 얼마나 나쁘길래 '나쁘다'고 적는가. '나쁘지 않다'는 얼마만큼 좋은 것이며, '좋지 않다'는 얼마만큼 나쁜 것인가. 앞의 문장이 선문답처럼 모호한 이유는 '좋다'와 '나쁘다'가 그만큼 모호하기 때문이다. 정도를 가늠하기 힘든 형용사는 주관적이고 불투명하다. 특히 대체할 수 있는 단어 폭이 넓어 자주 쓰는 '좋다'는 그만큼 부정확하다. '좋다' 하나가 '사랑한다, 착하다, 우수하다, 견고하다, 호감이 간다' 따위를 대체할 수 있는 만큼, 꼭 '좋다'를 써야만 의미를 전달할 수 있는 것도 아니다. 사용하는 어휘 수를 늘리고 정확한 언어를 알맞은 자리에 넣기 시작하면 '좋다'만큼 불필요한 단어도 없다.

구체적으로 적고 감각적으로 표현하기. 이를 묘사라 한다. 흔히 묘사를 소설 쓰기의 기법쯤으로 오해하는 경우가 많다. 논술 수업에서 "묘사하듯 적어라"라고 말하면, 학생은 "묘사는 소설에서나 하는 거 아녜요?"라고 반문한다. 묘사라는 단어에서 멋진 수사나 미사여구를 떠올려서 생기는 오해다. 구체적으로 적고 감각적으로 드러내는 묘사의 기법은 모든 글쓰기의 기초다. 정확한 언어로 생각을 적는 글쓰기 자체가 묘사라고도 볼 수 있다. 묘사는 애써 멋을 내서 표현하는 방식이 아니다. 이미지로, 감각으로 받아 안은 것을 그대로 전달하려는 작가의 부단한 노력이다.

모든 생각을 구체적으로 묘사하자. 생각과 단어가 그대로 포개지도록 쓰자. 그물코가 넓으면 작은 생선들을 놓치는 것처럼, 두루 쓸 수 있는 단어들로 글을 쓰면 자잘한 생각을 놓치게 된다. 다음은 구체적인 표현을 막는 '그물코가 넓은 표현들'이다.

것

'것'은 사물이나 현상 따위를 추상적으로 지칭하는 의존명사다. 활용도가 높아 '네 것은 저기에 있어'처럼 특정 문장 성분을 대신하기도 하며, '흡연은 몸에 해로운 것이다'처럼 명사문●을 만들기도 한다. 글을 처음 쓰는 초보자들이 '것'을 자주 쓴다. '앞에서 진술한 것처럼 내가 이 글을 통해 주장하고자 하는 것은 복수는 복수를 낳는다는 것이다' 같이 적는다. '것'만 있으면 글 하나는 손쉽게 쓴다.

'것'이 점점이 얼룩져 있는 문장은 모호하고 불명확하다. '것' 하나가 '일', '바', '예정', '방안', '문제', '측면' 따위를 포괄하고 있어 '것'을 자주 사용하면 의미를 정확히 전달하기 힘들어진다. 사물이나 현상을 가리키는 표현들을 '것'으로 대체하면 글자 수는 줄겠지만 가독성은 떨어질 수밖에 없다.

'것'을 대체할 만한 단어가 있다면 그 단어로 써라. '네 것은 저기에 있어'라는 말을 '네 침대는 저기에 있어'나 '네 몫은 저기에 있어'로 구체화하면 짧은 문장에 보다 많은 정보를 담을 수 있다. 반면 기사 제목에 자주 쓰는 '~할 것'은 '~할 예정(이다)'이나 '~할 계획(이

● 명사문은 주어 없이 서술어로만 이루어진 문장이다. 대개 '모양'이나 '예정' 따위가 서술어 자리에 온다. 가령 '김연아가 이번 올림픽을 마지막으로 은퇴할 모양이야', '나는 오늘부터 3일간 지리산 종주를 할 예정이야'가 명사문이다. '모양'이나 '예정' 같은 명사에 서술격 조사 '-이다'가 붙어 서술어 역할을 하지만 서술어의 주어는 없다. 앞의 문장에서 '김연아가'나 '나는'은 관형절의 주어일 뿐 문장의 주어는 아니다.

다)'으로 바꿀 수 있다. '~할 것이다'만 쓰는 작가보다는 '~할 것이다', '~할 예정이다', '~할 계획이다'로 어감을 조절하는 작가가 좀 더 좋은 글을 쓸 수 있다.

~에 대해, ~에 관해, ~을 통해

'~에 대해', '~에 관해', '~을 통해'는 글을 처음 쓰는 이들이 유독 자주 쓰는 표현이다. 초보자들은 '노령화 문제의 원인과 해결책을 중심으로 이야기해 보도록 하겠다' 대신 '노령화 문제에 대해[관해] 이야기해 보도록 하겠다'라고 적는다. 후자는 글감을 환기할 뿐 주제를 명확히 밝히진 못한다.

'~에 대해'나 '~에 관해'와는 쓰임이 다르지만 '~을 통해' 역시 글을 모호하게 만든다. '사랑의 시련을 극복하며 우리는 한 단계 성숙한다'를 '사랑을 통해 우리는 한 단계 성숙한다'로 바꾸면 의미가 흐려진다. 의미를 정확하게 전달하고 싶다면 '~에 대해', '~에 관해', '~을 통해'를 붙여 문장을 뭉뚱그리지 말아야 한다.

특히 '~에 대해', '~에 관해', '~을 통해'는 많은 경우 문장을 늘어지게 한다. 조사 한 단어로도 충분한 자리에 '~에 대해', '~에 관해', '~을 통해'를 넣으면 문장이 길어지고 리듬이 망가지기 때문이다. '국민들은 후보자의 공약에 대해 신뢰하지 않는다'보다는 '국민들은 후보자의 공약을 신뢰하지 않는다'가 훨씬 간결하다.

동사와 형용사

"그는 정말이지 내가 아는 사람 가운데 가장 불쾌하고 땅딸막한 남자다. 그는 앉은 채로 거들먹거리며 걷는다." 이렇게 나를 조롱하는 여인이 있다면, 나는 그녀를 일방적으로 사랑할 수 있을 것만 같다. 이 말은 내가 들어 본 조롱 가운데 최고다. '앉은 채로 거들먹거리며 걷는다'는 말 이외에 무엇이 더 필요한가. 더 이상의 첨언과 수정을 불필요하게 만드는 말보다 아름다운 말은 없다.

첫 문장의 '불쾌하다'와 '땅딸막하다'는 훌륭한 형용사다. 특히 '땅딸막하다'가 그렇다. 만약 작가가 '땅딸막하다' 대신 '뚱뚱하다'거나 '돼지 같다'고 썼다면 이 문장은 반드시 실패했을 것이다. '땅딸막하다'는 말은 뱃살이 셔츠 단추를 악착스레 괴롭히는 키 작은 남자를 구체적으로 그린다.

그러나 이 문장을 그저 그런 문장에서 탄성을 지르게 하는 문장으로 만드는 것은 형용사가 아니라 동사다. '앉은 채로 거들먹거리며 걷는다'의 '거들먹거리다'와 '걷는다'가 그렇다. 두 동사는 진술의 오류를 가볍게 무너뜨리고 앉은 채로 거들먹거리며 걷는 한 남자를 창조한다.

형용사로 글을 쓰는 일이 창작이라면 동사로 글을 쓰는 일은 출산이다. 동사는 형용사에 비해 생기가 넘친다. 문장에 활기를 불어넣으려면 형용사보다는 동사를 먼저 떠올려야 한다.

쪼개고, 부수고, 나눠라. 구체적으로 글을 쓰려면 생각을 잘게 조각내는 법부터 익혀야 한다. '소년은 불우한 가정에서 자랐다'는 문장을 보자. '불우하다'만으로도 충분한가. '불우하다'라는 표현은 덩어리가 지나치게 크다. 불우한 가정에는 저마다의 이유가 있는 법이다. 그러니 '소년은 부모의 고함 소리를 들으며 짐승처럼 숨죽여 잠들곤 했다'처럼 '가정이 불우한 이유는 무엇인지', '얼마만큼 불우했는지', '소년은 자신이 선택할 수 없었던 불행에 어떻게 반응했는지'를 잘게 쪼개 생각하고, 문장에 정확히 옮겨 적어야 한다.

생각을 잘게 조각내려면 대상을 나누어 관찰해야 한다. 나는 처음으로 사랑했던 그녀가 어떤 농담에 웃고, 어떤 농담에 웃어줬는지를 기억한다. 정말로 웃을 때는 눈가에 잘게 주름이 지고 광대에 도톰하게 살이 차올랐던 반면 웃어줄 때는 입꼬리가 평소보다 높이 올라가고 눈이 살짝 처지곤 했다. 그녀는 사람들에게 '너는 충분히 유쾌한 사람이야'라고 소곤대듯 규칙적으로, 의무적으로 웃곤 했는데, 나는 그녀가 정말로 웃을 때와 웃어줄 때의 차이를 구분할 수 있을 때까지 미소를 수백 번 지켜봤다. 그녀는 얼굴로 웃는 게 아니라, 눈으로 웃고, 입술로 웃고, 보조개로 웃었다. 수백 번의 웃음을 본 뒤에야 나는 그녀의 웃는 모습을 온전히 기억할 수 있었다.

미술 교사였던 피카소의 아버지는 아들에게 비둘기 발을 반복적으로 그리도록 했다. "그동안 비둘기의 발밖에 그리지 않았지만, 열다섯 살이 되자 나는 사람의 얼굴, 몸체들도 다 그릴 수 있게 되었다.” 피카소는 비둘기 발을 반복적으로 그리며 발톱의 모양이 아니라 발톱의 결을, 주름이 아니라 주름 사이의 간격을, 색이 아니라 색의 변화를 관찰했을 것이다. 비둘기 발을 보며 피카소가 훈련한 것은 비둘기 발을 그리는 소묘법이 아니라, 대상을 상세히 관찰하는 방법이다. 글쓰기 역시 그림을 그리는 일과 크게 다르지 않다. 자세히 관찰하면 묘사는 저절로 이뤄진다.

상위어와 하위어

상위어와 하위어는 글쓰기에 반드시 필요하지만, 구체적으로 쓰려면 상위어보다는 하위어를 적극적으로 활용하는 게 좋다. ‘개’라고 쓰지 말고 ‘포메라니안’이라 쓰고, 그보다는 ‘하얀 털 사이로 눈과 코가 검정콩처럼 박힌 화이트 포메라니안’이라 쓰자. ‘자동차가 멈췄다’고 쓰지 말고 ‘15년간 몰던 아버지의 소나타가 도로 위에 주저앉았다’라고 써라. 여러분의 글에서 ‘개’라는 관념이 짖게 하지 말라. ‘독자’라는 관념이 비웃는다.

서술어를 짧게 써라

여자들이 질색하는 고백이란 걸 알았다면 "너 나랑 사귀지 않을래?"라는 식으로 말하지는 않았을 거다. 연애도 고백도 서툴렀던 7년 전, 그렇게 고백했다. 청계천을 걷다가 손을 잡고 힘겹게 말했는데, 그 후에 서로 아무 말 없이 한 시간을 걸었다. 결국 답변을 듣지 못한 채 헤어졌고, 일주일이 지나서야 사귀자는 대답을 들었다. 사귄 후에 물어보니 '너 나랑 사귀자'라고 말했더라면 그 자리에서 대답했을 거란다. '사귀어 보지 않을래?'라는 말이 가볍고 희미하게 들려 진지하게 고민해 볼 시간이 필요했단다.

서술어를 늘여 쓰는 습관은 글쓰기의 적이다. 뜻을 분명하게 하거나 멋을 내려고 서술어를 늘여 쓰는데, 대부분은 군더더기다. "너 나랑 사귀지 않을래?"라고 사족(蛇足)을 달면 고백을 망치는 것처럼, 문장을 길게 늘이면 글이 망가진다.

A : 너 집안일을 너무 안 한다고 생각하지 않니?

B ; 집안일 좀 거들어.

A : 인맥 중심의 선수 기용이 패배라는 결과를 낳은 셈이다.

SEOUL
I
U
너 나랑
사귀자

B : 인맥 중심의 선수 기용이 패착이다.

A : 그는 금융업계의 큰손으로 알려져 있다.
B : 그는 금융업계의 큰손이다.

A : 그 당시 그녀가 그를 좋아하지 않았다고 말할 수도 있겠다.
B : 그 당시 그녀는 그를 좋아하지 않았다.

A와 B는 섬세한 의미 차가 있다. 말맛도 다르다. 한국어를 잘 한다는 건 B라고 말해야 할 순간에 A라고 말할 수 있는 능력일지도 모른다. 그러나 글쓰기에서 서술어의 군더더기는 문장을 늘이는 주범이다. 서술어만 '-이다' 꼴로 바꿔도 문장에 힘이 붙는다. 의사를 명확히 전달하려면 짧게 단정적으로 써야 한다. 미묘한 말맛을 살리고 싶다면 문장을 끊고 다음 문장으로 의미를 덧붙이는 것만으로도 충분하다.

우리말의 종결 어미는 세 가지가 있다. '-이다', '있다', '것이다'가 그것이다. 이 세 가지를 섞어 쓰면서 문장의 리듬을 조절해야만 글맛이 산다. 흔히 이 세 가지 종결어미를 권투 기술에 빗대 설명한다. '-이다'는 잽이다. 툭툭 끊어 치면서 상대를 견제하고 상대와의 거리를 조절한다. 기본 기술이라고 잽을 얕봐선 안 된다. 기본기가 충실한 권투선수의 잽은 날카롭고 무겁다. 잽만으로도 위협적이다. 반면 '있다'는 스트레이트다. 체중을 실어 쭉 뻗는 펀치로 파괴력이 상당하다. 잽으로 기회를 엿보다 날린 스트레이트는 상대를 휘청이게 할 만큼 강력하다. 마지막으로 '것이다'는 묵직한 카운터펀치에 가깝다. 참고 참다가 기회를 엿보고 내지르는 주먹이다. 잘 들어간 카운터펀치는 불리한 게임을 단번에 역전시킬 수 있을 만큼 강력하다.

문장의 기본 종결어미는 '-이다'다. '있다'나 '것이다'를 기본 종결어미처럼 자주 사용하고 있다면, 반드시 '-이다'를 쓴 문장을 기본형으로 삼고 글쓰기를 연습해야 한다. 잦은 잽으로 큰 기술을 넣을 기회를 만드는 것처럼, '-이다'로 글을 전개해야 강렬한 문장으로 상대를 압도할 기회를 얻을 수 있다. 다음은 '-이다' 꼴 대신 자주 쓰이며 문장을 늘이는 주범들이다.

~한 일이다

'~한 일이다'는 되도록 피해야 한다. '참으로 애석한 일이다'보다는 '참 애석하다'가 깔끔하다.

~한 법이다

문장의 종결어미에 '~한 법이다'를 넣어 어설프게 일반화를 시도하는 작가들이 많다. '과도한 신중함이 인생을 망치는 법이다'처럼 말이다. 그러나 앞 문장을 '과도한 신중함이 인생을 망친다'로 바꾸면 문장도 짧아지고 의미도 명확해진다. 짧게 써서 의미를 명확히 전달할 수 있는 문장을 구태여 길게 늘여 쓰지 말자.

~하고 있다

'~하고 있다' 역시 쓰지 말자. '~하다'만으로도 족한데 '~하고 있다'라고 적으면 문장이 길게 늘어진다. 나는 시간이 흘러 사윗감이 "우리는 서로를 사랑하고 있습니다"라고 말하면, 그 결혼을 반대할 생각이다. "우리는 서로를 사랑합니다"로도 충분하고, "저는 따님을 사랑합니다"라고 말하면 얼마나 믿음직하겠는가. "우리는 서로를 사랑하고 있습니다"라니. 예비 장인 앞에서 말 한마디 제대로 못하는 놈이, 사귀자는 고백조차 멋들어지게 못하는 누구를 닮은 것 같아 믿음이 안 간다. 보조동사 '있다'가 동사에 '진행'이나 '지속'의 의미를 더한다지만, 대부분은 문장의 군더더기다.

~이 아닐 수 없다, ~하지 않을 수 없다

'연이은 폭음으로 몸이 나빠지지 않을 수 없었다'처럼 서술어를 길게 늘여 쓸 필요가 없다. '연이은 폭음으로 몸이 나빠졌다'만으로도 족하다. '~이 아닐 수 없다'는 어떤가. '종전에는 보기 힘든 진귀한 광경이 아닐 수 없었다' 같은 문장을 읽으면 숨이 턱턱 막힌다. '진귀한 광경이다'만으로도 감회를 충분히 전달할 수 있는데 서술어를 늘여 쓰면 말맛이 싹 달아난다. '~이 아닐 수 없다'는 '-이다'로, '~하지 않을 수 없다'는 '~했다'로 바꿔 쓰자.

'이중 부정은 강한 긍정'이라는 말이 있지만 이중 부정 표현의 강조 효과 역시 명확하지 않다.

열심히 노력해도 정년을 보장받기 힘든 요즘, '인생을 이모작하라', '백 세 인생을 준비하라'라고들 말하니 답답하지 않을 수 없다.

앞 문장의 '답답하지 않을 수 없다'를 '답답하다', '답답하기만 하다', '답답할 수밖에 없다', '기가 찰 노릇이다'로 바꾼다고 해서 의미가 약해지지는 않는다. 특히 '기가 찰 노릇이다'는 의미 전달력이 좋고 말의 질감마저 거칠어 '답답하지 않을 수 없다'에 비해 선명하고 억세기까지 하다.

이중 부정 표현은 강한 긍정이라기보단 '완곡한 표현'에 가깝다. 상황을 진단하고, 사태를 파악하고, 현상을 비판하기보다는 관망하고, 개탄하고, 구시렁거린다. 이 표현이 박히면 문장은 낡은 속옷처럼 볼품없어진다. 독자의 시선을 불필요하게 오래 붙잡아 둬 글의 긴장감을 떨어뜨린다. 절대로 쓰지 말자.

~라고 볼 수 있다

'~라고 볼 수 있다'는 작가들이 흔히 찾는 유보적 표현이다. 작가들은 당장 사실이라고 주장하기엔 확실치 않은 정보를 써야 할 때 유보적 표현을 찾는다. '데이트 폭력은 사랑싸움이 아니라 범죄다'라고 단정적으로 써도 될 텐데 '데이트 폭력은 사랑싸움이 아니라 범죄라고 볼 수 있다'고 쓴다.

혹자는 자기 말이 틀릴 수 있다는 가능성을 열어 놓고 글을 쓰는 작가를 신중하다거나 양심적이라고 호평한다. 그러나 입증과 확인의 책임을 독자에게 떠넘기는 유보적 표현은 '뒤틀린 양심'이다. 확인하기 귀찮거나 검증이 어렵다는 이유로 유보적 표현을 사용하다 보면 주장은 흐려지고 글은 늘어진다. 확인하고, 판단해서, 단정적으로 적어라. 작가 스스로 신뢰할 수 없는 말이라면 적지 말자.

왜냐하면 ~이기 때문이다, ~한 이유는 ~이기 때문이다

'왜냐하면 ~이기 때문이다'는 고압적이고 단조로우며 딱딱하다. 죽음의 키스처럼 글의 온기를 빨아들인다. 절대로 쓰지 말자.

'~한 이유는 ~이기 때문이다'는 '왜냐하면 -이기 때문이다'처럼 원인이나 까닭을 밝히는 부연 문장의 일반적인 구조다. "소녀는 석 달을 앓다 죽었다. 그녀가 죽은 이유는 살아야 할 희망을 찾지 못한 채 추억 속으로 숨어들었기 때문이다." 두 번째 문장의 '그녀가 죽은 이유는'은 앞 문장과 다를 바 없는 내용을 반복해 서술한다. 표현도 비슷하다. 이처럼 '~한 이유는 ~이기 때문이다'는 불필요한 중복을 만든다. '왜냐하면 ~이기 때문이다'보다야 낫지만 최우선적으로 찾아 쓸 만한 문형은 아니다.

"소녀는 석 달을 앓다 죽었다. 부모의 죽음으로 희망을 잃은 소녀가 추억 속으로 숨어들었기 때문이다." 앞 문장에 비해 많은 정보를 제시하면서도 짧다. 내용이나 표현상 불필요한 중복도 없다. '~한 이유는 ~이기 때문이다'를 '~이기 때문이다'로 바꾸면서 문장이 한결 산뜻해졌다. 이처럼 '~한 이유는 ~이기 때문이다' 구조를 조금만 고치면 원인이나 까닭을 분명히 밝히면서도 글맛을 살릴 수 있다.

그러나 반드시 '~이기 때문이다'를 넣어야만 원인과 결과를 드러낼 수 있는 건 아니다. "소녀는 석 달을 앓다 죽었다. 부모의 죽음으로 삶의 의지를 상실한 소녀의 최후였다." '왜냐하면'도 없고 '~한 이유는'도 없다. '~이기 때문이다' 역시 찾아볼 수 없다. 그렇지만 독자들은 '~이기 때문이다' 따위의 도움을 받지 않고도, 이어지는 문장이 소녀가 죽은 이유를 밝히고 있음을 안다.

인과관계를 밝히는 최선의 방법은 '~한 이유는'이나 '~이기 때문이다' 따위의 도움을 받지 않고도 문장을 연결하는 것이다. 문장 구조가 복잡하거나 내용이 어려워 평서문으로는 원인과 까닭을 분명히 밝히기 역부족일 때에야 '~한 이유는 ~이기 때문이다'로 우회할 자격을 얻는다.

정확해야 아름답다

"너 나랑 썸타볼래?" 썸이라는 말이 등장할 때만 해도 '썸타보자'는 고백이 나오리라고는 생각도 못했다. 요즘 학생들이 '썸타보자'고 합의한 후에야 썸을 탄다는 말을 듣고, 이제는 고백을 두 번이나 해야 연애를 할 수 있겠구나 싶어 마음이 복잡해졌다.

남녀가 호감을 갖고 서로를 알아가는 단계가 썸이다. 사귄다고 말하기에도 그렇고, 사귀지 않는다고 말하기에도 그런 미묘한 관계. 확신할 수 없어 들뜨고, 상대를 잘 몰라 사소한 행동에도 울고 웃는 순간이다.

'썸'만큼 빠르게 번진 말도 드물다. 'something'의 준말인 '썸'은 '둘이 뭔가 있네'라는 말을 대체하며 신속히 퍼졌다. 심상찮은 기류가 흐르지만 연애하는 건 아닌 듯한 관계를 가리키며 "둘이 연애하냐?"로 뭉뚱그려 표현해 본 사람이라면 '썸'이 여간 반갑지 않을 테다. 이름이 없어 무명지(無名指)라 부르는 네 번째 손가락처럼 대상이나 현상은 분명한데 단어가 없어 에둘러 써야 하는 경우엔 '썸' 같은 신조어가 절실하다.

플로베르는 "한 가지 생각을 표현하는 데는 오직 한 가지 말밖에는 없다"고 말했다. 여러 글쓰기 명언 가운데 내가 가장 좋아하는 말이다. 여러분도 함께 기억하고 새김질해 봤으면 좋겠다. 플로베르의 말로도 충분하지만 그의 제자 모파상은 플로베르의 충고를 좀 더 상세히 풀어 다음과 같이 말했다.

> 우리가 말하려는 것이 무엇이든 그것을 표현하는 데는 한 가지 말밖에 없다. 그것을 살리기 위해선 한 동사밖에 없고, 그것을 드러내기 위해선 한 형용사밖에 없다. 그러니까 그 한 말, 그 한 동사, 그 한 형용사를 찾아내야 한다. 그것을 찾는 일이 어렵다고 아무런 말이나 갖다 쓰고는 만족하거나 비슷한 말로 맞춰버리는, 그런 말의 요술을 부려서는 안 된다.

글쓰기에는 왕도가 없다지만 누군가 꼭 알려달라고 부탁한다면 플로베르와 모파상의 말을 인용하련다. 좋은 글은 아름답기 이전에 정확해야 한다. 정확해야 아름다울 수 있다. 보고, 듣고, 느끼고, 생각한 것들을 추리고, 정돈하고, 매만져 정확한 언어로 밝혀 적는다면 글쓰기는 그것으로 충분하다. 더 이상 정확하게 쓸 수 없을 만큼 정확한 문장은 더 이상 아름다울 수 없을 만큼 아름답다.

정확하게 쓰려면 단어의 의미를 명확히 알아야 한다. 이때 낱 단어의 의미를 일일이 외우는 것보다는 비슷한 단어와 묶어서 알아두는 게 효율적인 단어들이 있다. '덕분·때문·탓'이나 '구분·분류·예시·분석' 따위가 그렇다.

덕분·때문·탓

'덕분(德分)'이라는 말에는 한 사람이 덕(德)을 쌓으면 자손이나 주변 사람들에게도 덕이 돌아간다는 고운 마음이 담겨 있다. '네 덕에'나 '네 덕분에'는 '네가 쌓은 덕으로 인해 내가', '네가 쌓은 덕의 일부가 내게 영향을 미쳐'라는 의미다. 그러니 '네 덕에' 혹은 '네 덕분에'는 반드시 좋은 일의 이유나 근거를 밝힐 때 사용해야 한다.

'때문'은 원인이나 까닭을 밝힐 때 쓰는 '덕분·때문·탓' 가운데 가장 공식적인 표현이다. 흔히 '때문'을 중성적인 단어라고 설명하지만 '때문'은 긍정적인 맥락보다는 부정적인 맥락에 주로 쓰인다. '간 때문이야', '너 때문이야', '말 한 마디 때문에'처럼 결과의 원인으로 지목한 대상 뒤에 붙는 '때문'은 특히 그렇다. '내가 널 사랑하기 때문에'처럼 '-하기 때문' 정도가 중성적인 의미를 갖고 있을 뿐이다.

'탓'은 주로 부정적인 결과의 원인을 누군가에게 돌려 원망하거나 나무랄 때 사용한다. "이번에 우리 팀이 진 건 순전히 네 탓이야"처럼 말이다. "잘 되면 제 탓 못 되면 조상 탓"처럼 긍정적인 맥락에 쓰는 예외적인 경우도 있지만 대부분은 부정적인 맥락에 쓴다.

구분·분류·예시·분석

'구분·분류·예시·분석'은 작가들이 자주 쓰면서도 쉽게 혼동하는 단어들이다. 오아 에이치로의 만화 〈원피스〉를 사례로 '구분·분류·예시·분석'을 나눠서 살펴보자.

'구분'은 특정한 기준에 따라 상위 항목을 몇 개의 하위 항목으로 나누는 일이다. 〈원피스〉에 등장하는 악마의 열매는 크게 '초인계·동물계·자연계' 세 가지로 나뉜다. '악마의 열매'를 복용자가 얻는 능력의 특성에 따라 하위 항목으로 나누어 설명하는 방식이 '구분'이다.

'분류'는 몇 개의 하위 항목을 상위 항목으로 묶어 설명하는 일이다. 인간의 힘을 초월한 능력을 가진 초인계, 동물계, 자연계 능력자들을 '악마의 열매 능력자'라고 통칭해 부르는 것처럼 말이다. 일정한 속성이나 특성에 근거해 나눈 묶음을 상위의 개념으로 포괄하는 방식이 '분류'다.

'예시'는 말 그대로 '사례(例)를 들어 보여주는(示)' 일이다. 초인계 열매 능력자는 특정한 속성을 갖춘 사물로 몸을 바꿀 수 있는 능력을 갖고 있다. 미끌미끌 열매 능력자는 자기 몸을 총알도 스쳐 지나갈 만큼 미끌미끌하게 만들 수 있으며, 싹둑싹둑 열매 능력자는 신체의 모든 부분을 강철 칼날로 바꿀 수 있다. 특히 〈원피스〉의 주인공 루피는 신체를 고무처럼 늘일 수 있는 초인계 열매 능력자다. 이처럼 구체적인 사례를 들어 개념을 설명하는 방식이 '예시'다.

마지막으로 '분석'은 대상이나 현상을 나누고(分) 쪼개(析) 설명하는 일이다. 상상을 초월하는 신축성을 갖는 고무고무 열매 능력자는 탄성을 응용해 적을 공격할 수 있으며, 타격이나 총격 따위의 물리적 충격을 흡수하기도 한다. 시계를 분해하듯 대상의 속성을 나눠서 설명하는 방식이 '분석'이다.

이처럼 낱 단어의 의미와 더불어 비슷한 단어와의 의미 차이를 명확히 알고 글을 써야 정확하게 쓸 수 있다. 다음은 이름을 밝힐 수 없는 유명 작가가 책에 쓴 문장이다. 단어의 의미를 곱씹어보고 퇴고해 보도록 하자.

아령이나 역도를 하면 팔다리에 근력이 생기듯 사고력 역시 자주 생각하며 훈련시킬 수 있다.

우선 '아령을 하다'가 어색하다. 아령은 손잡이 양 끝에 둥근 쇠가 달린 '운동기구'다. '아령을 들다'는 적절해도 '아령을 하다'는 당치 않다. 반면 역도는 바벨을 들어 올려 중량을 겨루는 '경기'다. '역도를 하다' 꼴로 쓸 수는 있지만 애초에 작가의 의도와는 먼 표현이다. 무거운 역기를 한계치까지 들어 올리는 '역도'를 하면 근력을 키울 수 있다고 말하려던 게 아니기 때문이다. 고로 '역도'는 '역기'나 '바벨'쯤으로 고쳐야 한다. 이 구절은 '아령이나 바벨을 들면' 혹은 '아령이나 역기를 들면' 정도로 수정해야 한다.

'팔다리에 근력이 생기다' 역시 성에 차지 않는다. '아령'은 팔 운동을 하는 운동기구로 아령만 든다고 다리 운동이 되는 건 아니다. '팔다리에 근력이 생기다'가 '아령이나 역도를 하면' 전체를 받고 있으므로 '팔다리'는 적절치 않다. '근력이 생기다'도 어색하다. '근력'은 '붙이다', '키우다', '강화하다', '단련하다', '증강하다' 따위와 어울리는 단어다. 고로 '근력이 생기다'보다는 '근육이 생기다'가 낫다. 그러나 '근력이 생기다'를 '근육이 생기다'로 고치면 '근력'과 '사고력'을 대구로 엮어 의미를 전달하려던 처음의 생각을 잃게 된다. '근력'을 '근육'으로 고치는 것보다는 '생기다'를 '단련하다'쯤으로 고치는 게 바람직하다.

마지막으로 '단련하다'와 대구를 이루는 '훈련시키다'는 '훈련하다'로 바꿔야 한다. '훈련하다'가 애초에 '가르쳐 익히게 하다'라는 사역(使役)의 의미를 담고 있으므로 구태여 '훈련시키다'라고 쓸 이유가 없다. 이때 '-시키다'는 문장의 군더더기다. 결국 최종 문장은 "아령이나 역기를 들며 근력을 단련하듯 사고력 역시 자주 생각하며 훈련할 수 있다"이다. 이렇게 단어의 의미를 정확히 짚어가며 글을 쓰면 생각을 정확히 전달하면서도 좀 더 쉽게 읽히도록 글을 쓸 수 있다.

'유일어'로 써라

낱 단어의 의미를 따져 가며 문장을 쓰기만 해서는 '정확하게' 글을 쓸 수 없다. '정확하다'는 말은 단어나 문장의 의미 이상을 포괄하기 때문이다. 가령 앞 문장에서 근력을 '단련하다', '붙이다', '키우다', '강화하다', '증강하다' 중에 '단련하다'를 제외한 나머지 단어는 사용해선 안 되는 말들이다. '단련하다'만이 플로베르가 말한 '오직 한 가지 말[유일어]'이다.

위의 문장은 '근력'과 '사고력', '단련하다'와 '훈련하다'를 대구로 엮은 문장이다. 대구로 배치하려면 '훈련하다'에 어울릴 단어를 선택해야 한다. 그러므로 작가가 처음에 쓴 '생기다'는 '오직 한 가지 말'이 될 수 없다. '생기다'와 '훈련하다'는 의미도 어긋나고 어감도 다르기 때문이다. 그렇다면 '단련하다'와 '훈련하다'는 어떤가.

단련하다

1. 쇠붙이를 불에 달군 후 두드려서 단단하게 하다.
2. 몸과 마음을 굳세게 하다.
3. 어떤 일을 반복하여 익숙하게 하다.

훈련하다

1. 기본자세나 동작 따위를 되풀이하여 익히다.
2. 가르쳐서 익히게 하다.

'학습'의 유의어가 대체로 그렇듯 '훈련하다'에는 '되풀이하여 익숙하게 하다'라는 의미가 담겨 있다. 고로 '훈련하다'와 조응할 단어 역시 '되풀이하여 익숙하게 하다'라는 뜻을 가지고 있어야만 한다. '단련하다'가 이 문장의 유일어인 첫 번째 이유다.

애초에 '단련'은 쇠를 불에 달구어 두드린 후에 식히고, 다시 불에 달구는 작업을 지칭하는 용어였다. 쇠를 단단하게 만들고자 되풀이하는 '단련' 과정이, 같은 내용을 반복적으로 익히는 '학습' 과정과 유사해 비유적으로 사용하다가 의미망이 넓어진 것이다. '쇠를 불리는 공정'과 '학습'을 잇는 비유는 '아령이나 바벨을 들어 근력을 키우는 운동'과 '사고력 훈련'을 잇는 생각의 흐름과 유사하다. '단련하다'가 이 문장의 유일어인 두 번째 이유다.

'훈련하다'와 '단련하다'는 어감도 형태도 비슷하다. 두 단어에 모두 '련'자가 들어간다. 특히 받침 'ㄴ'이 반복적으로 놓여 어감이 비슷하다. '단련하다'가 '훈련하다'와 조응하는 유일어인 세 번째 이유다.

이처럼 정확한 문장을 만드는 '오직 한 가지 말'을 찾으려면 의미만을 고려해선 안 된다. 정서에 맞는 어감을 갖췄는지, 길이는 적당한지, 앞과 뒤에 쓴 단어와는 어울리는지를 종합적으로 고려해 결정한 어휘라야 유일어가 될 수 있다. 다음은 시인 김영랑의 「돌담에 속삭이는 햇발」를 사례로 들어 유일어를 고르는 방법을 정리한 내용이다.

돌담에 속삭이는 햇발같이
풀아래 웃음짓는 샘물같이
내 마음 고요히 고운 봄길 우에
오늘 하루 하늘을 우러르고 싶다

새악시 볼에 떠오는 부끄럼같이
시의 가슴을 살포시 젖는 물결같이
보드레한 에메랄드 얇게 흐르는
실비단 하늘을 바라보고 싶다

정서에 맞는 어감

시인 김영랑은 '햇볕', '햇살', '햇빛'이라 쓰지 않고 기어이 '햇발'이라 썼다. 흐르듯 구르는 '햇살'의 'ㄹ' 받침을 탐내면서도 '햇살'에 만족하지 않았다. 공기가 혀끝과 윗잇몸을 가볍게 쓸고 지나가는 'ㅅ' 소리는 붙었던 입술이 가볍게 터지며 공기가 해방되는 'ㅂ' 소리에 비하면 거칠고 날카롭다. 그래서 김영랑은 '햇살'이라 쓰지 않고 기어이 '햇발'이라 썼다.

봄볕에 '햇발'이 어울린다면 여름볕엔 '햇볕'이, 가을볕엔 '햇살'이, 겨울볕엔 '햇빛'이 어울린다. 내리쬐듯 뜨거운 기운엔 '볕'이 알맞다. 그래서 여름볕은 '햇볕'이다. 반면 바람이 뺨을 할퀴고 지나가는 가을은 볕도 창공을 가르듯 날카롭게 날이 서 있어 'ㅅ' 소리가 적합하다. 그래서 가을볕엔 광선처럼 내쏘는 '햇살'이 꼭 알맞다. 강물이 멈추고 대지가 어는 겨울은 어떤가. 겨울은 사절기의 마지막이자 '종말', '황혼', '최후'와 어울리는 계절이다. 해는 떠 있지만 날은 차고 대기는 건조해 겨울볕은 '볕'보다는 '빛'에 가깝다. 어둠을 몰아내는 희망의 '빛'처럼 얼어붙은 대지에 아득한 봄을 예고하는 겨울볕에는 '햇빛'이 적절하다.

적절한 길이

'새색시'는 '새악시'만 못하다. '새색시'와 '새악시'만 입안에서 굴려 봐도 알 수 있다. '새악시'의 '새악'은 턱의 움직임이 적다. 'ㅅ'을 발음한 후에 턱을 벌리는 동작만으로도 '새악'을 발음할 수 있다. 턱이 벌어지며 공기가 해방되다가 'ㄱ' 받침에서 끊어지는 소리다. 반면 '새색'을 발음하려면 첫 글자의 모음 'ㅐ'를 발음하면서 살짝 벌린 턱을 이어지는 'ㅅ' 소리를 발음할 때 끌어올려야 한다. '새악'처럼 턱의 움직임이 흐르듯 연결되지 않는다. '새색'이 발음상으로도 두 글자라면, '새악'은 발음상으로는 한 글자다. 그렇기에 '새색시'와 '새악시'는 의미도 형태도 비슷하지만 발음상으로는 전혀 다른 단어다.

어울림

이 시는 흐른다. '돌담'의 'ㄹ'을 타고, '샘물'의 'ㄹ'을 타고, '우러르고 싶다'의 'ㄹ'을 타고 흐른다. '햇발'같이 '물결'같이 흐른다. 그러니 비단도 보통 비단이 아니라 '실'비단이다. 'ㄹ'에서 'ㄹ'로 구르듯 흐르며 읽히도록 쓴 시다.

김영랑은 좋은 시인이다. 그의 시를 낭송하면 배우지 않아도 느낄 수 있다. 우리말이 눈물겹도록 아름답다는 걸 증명해 내는 시는 많지만 기어이 느끼게 하는 시는 많지 않다. 흐르듯 읽히는 이 시를 낭송하면서 나는 한 언어가 어감만으로도 의미를 정확하게 전달할 수 있음을 새삼 깨닫는다. 단어 하나를 고르더라도 신중에 신중을 기하는 부단한 노력이 있었기에 도달할 수 있었던 경지일 것이다.

간소하게, 부디 간소하게

정민 교수가 스승에게 면박을 당한 사연을 소개할까 한다. 정민 교수는 권필의 시 「과정송강묘유감(過鄭松江墓有感)」의 첫 구절 '空山木落雨蕭蕭'을 "텅 빈 산에 나뭇잎은 떨어지고 비는 부슬부슬 내리는데"라고 번역했다. 이 글을 본 이종은 교수는 정민 교수에게 대뜸 "야, 사내자식이 왜 이렇게 말이 많아"라며 면박부터 줬다. 그리고 '空(빌 공)'자를 손가락으로 짚으며 물었다. "여기 '텅'이 어디 있어?" 그리고는 정민 교수의 해석에서 '텅'을 지웠다. 그다음 이종은 교수는 '나뭇잎'을 '잎'으로 바꾸며 다시 물었다. "잎이 나무인 것을 모르는 사람도 있나?" '떨어지고'에서 '떨어'를 지우고, '부슬부슬 내리고'에서 '내리고'을 덜어내니 남은 문장은 "빈 산 잎은 지고 비는 부슬부슬"이다.

글은 덜어낼수록 좋아진다. 의미에 별다른 차이가 없다면 글은 짧을수록 좋다. 아무 역할도 하지 못하는 주어, 동사와 뜻이 같은 부사어, 습관적으로 쓰는 지시어나 최상급 표현이 글을 난삽하게 만든다. 독자가 알 필요가 없거나 자연스럽게 알게 되는 말들을 문장에서 걷어내면 글이 한결 깔끔해진다.

주어

"한 문장에는 반드시 하나의 주어가 있어야 한다"는 강박에 쫓기지 마라. 문장을 읽고 충분히 짐작할 수 있는 주어는 과감하게 생략해야 한다. 독자가 손쉽게 가늠할 수 있는 주어를 구태여 밝혀 적을 이유가 없다. 특히 일기에서 그렇다. 일기의 주어는 대체로 '나'다. 문장마다 주어를 밝혀 적는다면 대부분의 문장은 '나는'으로 시작해야 한다. 그런 글은 단조롭고 지루하다.

일기뿐만 아니라 기행문·설명문·논설문에서도 주어가 의미를 명확히 전달하는 데 도움이 안 된다면 당연히 빼야 한다. "나는 피렌체를 지나 로마로 향했다. 그 당시 나는 돈이 없어 세 끼를 굶었고, 그나마 힘겹게 뻗는 다리에는 붕대가 감겨 있었다." 첫째 문장에서 '나는'을 지워도 문장의 의미는 통한다. 백번 양보해도 둘째 문장의 '나는'은 지워야 한다. 앞 문장과 동일한 주어를 구태여 밝혀 적을 이유가 없다. "피렌체를 지나 로마로 향했다. 돈이 없어 세끼를 굶었고, 그나마 힘겹게 뻗는 다리에는 붕대가 감겨 있었다."라고 적어도 전혀 어색하지 않다. 주어의 빈자리를 훈장처럼 생각해라. 억지로 밝혀 적은 주어만큼 글의 긴장을 떨어뜨리는 것도 없다.

부사어

부사어•는 용언 앞에서 뒷말을 꾸며주는 문장 성분이다. '매우',

• "소리가 크게 울려 퍼졌다"라는 문장에서 '크게'는 '부사어'(문장성분)이며 동시에 '형용사'(품사)다. '부사'가 아니다. 형용사 '크다'에 연결 어미 '-게'가 붙어 '부사어'가 된 사례다. 고로 '부사를 절제해서 써야 한다'가 아니라 '부사어를 절제해서 써야 한다'고 조언해야 옳다.

'가장', '성급하게', '매끈하게' 따위가 부사어다. 부사어는 대개 불필요하다. 부사어 대부분이 문장을 길게 만드는 것 말고는 아무 역할도 하지 못한다. 요란하기만 할 뿐 내실은 보잘 것 없다.

많은 필자들이 '내달렸다'만으로도 역동적인데 '힘차게 내달렸다'고 적는다. '외쳤다'만으로도 시끄러운데 '소리 높여 외쳤다'고 말하고, '틀어잡다'만으로도 굳센데 '단단히 틀어잡다'고 쓴다. 성실한 작가는 부사어의 도움 없이 '잡다', '쥐다', '움켜잡다', '틀어잡다'만으로도 느낌을 조절한다. 이처럼 이미 동사 안에 같은 뜻이 들어 있는 부사어는 문장의 군더더기다.

건빵에 든 별사탕은 몇 개 안 들어 있어서 별미다. 뻑뻑한 건빵을 먹다가 먹는 별사탕만큼 단 것도 없다. 그 맛을 잊지 못해 별사탕 한 봉지를 사 먹으면 막상 그 맛이 안 난다. 부사어는 문장의 별사탕이다. 적게 쓸수록 달다.

관형어

이 책에서 흔히 쓰는 그녀(대명사), 사랑(명사), 첫째(수사) 따위가 체언이다. 관형어는 체언을 꾸미는 말이다. '고색창연한', '아기자기한', '즐비한' 따위로, 문장을 '블링블링'하게 만드는 문장성분이다.

'붉은 동백꽃', '푸른 바다', '곧게 뻗은 대나무' 따위의 표현은 많은 것을 말하는 듯하지만 실제로는 아무것도 설명하지 못한다. 동백꽃은 붉기 마련이며, 바다는 항상 푸르고, 대나무는 늘 곧다. 명사만으로도 충분한데 명사와 뜻이 같은 단어를 덧붙여 난삽하게 쓴 경우다.

부사어는
적게 쓸수록 달다

'예쁜', '귀여운', '아름다운' 따위의 주관적이고 감상적인 관형어들도 문제지만, 이처럼 습관적으로 붙이는 관형어들의 폐해는 더 심각하다. 많은 글쓴이들이 별다른 기능을 하지 않는 관형어를 붙여 글을 너저분하게 만들면서도 그 너저분함을 자기 글의 자랑으로 여긴다.

누구나, 설마, 결코

아이유를 좋아하는 사람이 많지만 '누구나' 아이유를 좋아하지는 않는다. '설마'는 종종 사람을 잡으며, '결코' 나를 좋아하지 않을 것 같던 상대가 나를 좋아하기도 한다. 습관적으로 적는 단정적인 표현이 기어이 문장을 그르쳤을 때 글이 망가진다. 단정적 표현에 부사를 덧붙여 강조할 때는 의미를 곱씹어보고 감당할 수 있을 만큼만 써야 한다.

최상급 표현

습관적으로 사용하는 최상급 표현도 글을 망친다. 최상급 표현을 써서 문장을 몰아붙일수록 의미는 분명해지지만, 자주 쓸수록 수세에 몰릴 수밖에 없다. '가장', '제일', '극히', '매우', '절대', '초-', '최-', '영원히' 따위가 그렇다. 적군을 몰아붙이더라도 퇴로는 확보해 놓아야 역습을 당하지 않는 것처럼, 논리를 밀어붙이더라도 예외가 있을 수 있음을 인정해야 예상치 않은 반박에 당황하지 않을 수 있다. 수천 년 동안 수백만 마리의 백조를 보면서 다져진 '백조는 하얗다'는 정설은 단 한 마리의 '검은 백조(Black Swan)'가 무너뜨리는 법이다.

복수 표현

한국어에서 복수의 뜻을 더하는 접미사 '-들'은 대부분 불필요하다. 단수와 복수를 엄격하게 따지는 서양 언어들과 달리 한국어는 단수·복수를 그다지 따지지 않는다. 한국인들이 영어를 배우는 초기에 '수일치'로 특히 고생하는 이유도 영어에서는 주어가 단수인가 복수인가에 따라 동사의 형태가 바뀌기 때문이다. 반면 한국어는 '차가[차들이] 달린다'에서 차를 복수로 바꾸더라도 동사는 그대로 쓴다. '수'가 중요하지 않다. 주어의 수에 따라 형용사의 형태까지도 바뀌는 불어에 비하면 특히 그렇다.

수가 중요한 문법 범주가 아닌 만큼 글을 고칠 때 수를 억지로 맞출 이유가 없다. 접미사 '-들'을 붙일수록 문장은 망가진다. '골목에 카페들이 늘어서 있다'만 해도 '골목에 카페가 늘어서 있다'로도 충분하다. 복수가 아니면 '늘어서 있다'고 쓸 수 없으므로, '늘어서 있다'만으로도 '카페'가 여러 개임을 짐작할 수 있다. 이 경우 '-들'은 군더더기다.

시제

한국어는 '단수, 복수'와 더불어 '시제'에도 엄격하지 않다. 문장의 시제를 중복해 밝혀 적는 게 오히려 어색하다. "우리가 현장에 도착했었을 때 수사는 끝나 있었다"에서는 과거 시제를 중복해 썼다. '수사는 끝나 있었다'에 '-었-'을 넣었으니 '도착했었을 때'라고 밝혀 적을 이유가 없다. "우리가 현장에 도착했을 때 수사는 끝나 있었다"만으로도 충분하다. 의미 전달을 방해하지 않는다면 시제 역시 생략하는 편이 좋다.

관형격 조사 '의'

'의' 역시 최대한 줄이는 게 좋다. '나의 친구의 여자친구'처럼 '의'를 반복해 사용한 표현에서는 '의'를 하나쯤 생략해야 읽기에 편하다. '내 친구의 여자친구'만으로도 충분하다. '의'를 연속해 쓴 사례가 아니더라도 '전통의 가옥'보다는 '전통 가옥'이 낫다. 그러나 명사를 세 개 이상 병렬적으로 연결한 경우에는 '의'를 하나쯤 넣으면 읽기에 편하다. '한국 전통 가옥'보다는 '한국의 전통 가옥'이 좀 더 매끄럽다.

'의'를 자주 쓰다 보니 조사 '에' 뒤에 '의'를 붙여 쓰는 경우도 많다. 특히 논문 제목에서 자주 볼 수 있는데, '~에의'는 되도록 쓰지 말자. "해외 시장에의 진출이 앞당겨질 예정이다"는 "삼성전자는 해외 시장 진출을 앞당길 예정이다"라고 써도 충분하다.

'~에 있어서의' 역시 되도록 쓰지 말자. 학자들이 "장애 아동 교육에 있어서의 소설의 활용 가능성 연구"처럼 쓰는데, 숨이 턱턱 막힌다. "소설을 활용한 장애 아동의 교육 방안 연구"로 바꿔도 무방하다. 교수들이 쓴 칼럼으로 글쓰기를 배운 학생들이 '~에 있어서의'를 따라 쓰곤 하는데, 고루하고 낡은 표현이므로 쓰지 않는 게 좋다.

사동 접미사 '-시키다'

'-시키다'는 단어에 '~하게 하다'라는 의미를 더하는 사동 접미사다. 고로 '네가 소개시켜 준 친구'는 '네가 소개해 준 친구'와는 다르다. '네가 소개해 준 친구'는 상대방이 직접 내게 소개한 친구인 반면 '네가 소개시켜 준 친구'는 상대방이 제삼자로 하여금 나에게 소개하도록 한 친구라는 복잡한 관계를 설명하는 말이다. 자연히 '소개하다'를 써야 할 곳에 '소개시키다'를 넣으면 의미를 정확히 전달할 수 없다.

'금지하다'라고 써야 할 곳에 '금지시키다'라고 쓰거나, '작동하다'라고 적어야 할 곳에 '작동시키다'라고 적지 말자. '~하다'를 써야 할 곳에 '-시키다'를 넣어 '구체화시키고, 상기시키고, 설득시키고, 교육시키고, 초토화시키는' 필자들이 의외로 많다. '-시키다'를 쓸 때에는 '~하게 하다'를 넣어 의미를 명확히 따져 본 후에 써야 실수를 줄일 수 있다.

접미사 '-적(的)'

'-적(的)'은 영어의 접미사 '-ic[-tic]'를 번역한 일본어 '데키(てき)'의 역어다. 데키는 본래 일본에서 적(敵)을 가리켰는데, 영어의 접미사 '-ic[-tic]'의 번역어로 데키를 선택하면서 데키(てき)가 '-적'이라는 의미를 갖게 됐다. 한국에서는 일본어 '데키'를 '적'으로 번역한 이후 활발하게 접미사 '-적'을 사용하고 있다.

'-적'은 명사를 관형사로 만들어 주는 접미사다. '국가적 재난'처럼 '국가'에 '-적'이 붙으면 '재난'을 꾸미는 관형사가 된다. '-적'의 유혹이 상당하다. 쓰지 말자고 다짐해도 피하기가 쉽지 않다. 조금만 고민하면 '김연아는 세계적인 피겨 스케이팅 선수다'에서 '-적인'을 생략하고 문장을 쓸 수는 있다. '김연아는 피겨퀸이다'나 '김연아는 정상급 피겨 스케이팅 선수다'처럼 말이다. 그러나 '-적인'의 사용 빈도가 늘어서인지 바꾼 표현들이 오히려 인위적이고 부자연스럽다. '세계적이다'라고 쓰면 될 것을 에둘러 쓴 인상마저 남긴다.

문장을 고쳐 쓰는 것도 '-적'을 피하는 한 가지 방법이다. '김연아는 피겨 스케이팅 선수다. 피겨 강국 러시아의 어느 선수도 김연아만큼 빙상에서 자유롭지 못했다. 세계 최고라는 수식이 아깝지 않다.' '세계적'이라는 말을 부연 문장으로 풀어 쓴 글이다. 그러나 아무리 고민해 봐도 '세계적인'보다 여러분의 생각을 정확하게 표현할 수 있는 단어가 없다면, 그냥 써라. '-적'의 유혹은 치명적이다. 그 유혹은 평생 글을 쓴 작가들도 느낀다. 쉽게 털어버릴 수 없다. 이쯤 되면 '-적(的)'이 문장의 적(敵)이 아니란 걸 인정해야 하지 않을까 싶다.

다만 '개인적인 생각', '내면적인 성찰', '구조적으로'처럼 습관적으로 덧붙이는 표현들은 쓰지 말자. 생각은 개인적이고, 성찰은 내면적이다. 덧붙일 이유가 없다. 구조적으로 잘못된 것이라면 '잘못됐다'로도 충분하다.

참고로 사전에서는 '세계적'을 '관형사·명사'라고 설명한다. 뒤에 붙는 명사를 수식하는 동시에 접미사 '-이다'를 붙여 서술어로도 쓰기 때문이다. '세계적인 작가'는 '세계적' 뒤에 '이다'가 붙은 형태로,

일부 언어학자들은 조사 '이다'가 붙는 '세계적'을 명사로 취급한다. 이와 같이 '세계적', '개인적', '애국적' 따위의 단어들은 모두 관형사이며 동시에 명사이기도 하다.

조사

"혹시 나 너 좋아하냐?"는 드라마 〈상속자들〉의 명대사다. 가난한 여자를 사랑하는 재벌 2세의 당혹스러운 심경이 한 문장에 녹아 있다. 본인의 감정을 단정적으로 물어보는 이 표현은 우리에게 낯설다. 익숙한 구어적 표현으로는 "나 너 좋아해"가 있지만 이 역시 문법적으로 완전하진 않다. 앞의 구어적 표현을 문장으로 옮기면 "나는 너를 좋아한다"가 된다. 이처럼 말을 할 때는 조사를 생략하기도 하지만 기본형의 변주일 뿐, 한국의 필자들은 조사를 활용해 진술한다.

다른 품사들과 마찬가지로 불필요한 조사 역시 걷어내야 한다. 조사를 가지치기하면 글이 한결 깔끔해진다. '내가 가장 탐을 내던 옷이다'는 '내가 가장 탐내던 옷이다'에 비해 축 늘어진다. '탐내다'가 사전에 실린 동사이므로 '탐을 내다' 꼴로 길게 쓸 이유가 없다. 조사 '을/를'을 붙이면 호흡이 오래 머물러 단어가 도드라져 보이지만 구태여 '을/를'을 넣어 긴장감을 떨어뜨릴 이유가 없다.

'(병이) 낫다', '(꽃이) 피다'처럼 목적어가 따로 필요하지 않은 자동사나 '(차를) 몰다, (제안을) 거절하다'처럼 목적어가 반드시 필요한 타동사는 고민할 이유가 없다. 그러나 '하다'는 애매하다. '사랑하다'를 보자. '사랑하다'는 '사랑'에 접미사 '-하다'가 붙어 만들어진 동사다. 그러나 '하다'가 타동사이기도 해서 '사랑을 하다'처럼 쓸 수도 있다. 문제는 접미사 '-하다'를 써야 할지 타동사 '하다'를 써야 할지 구분하기 힘들다는 점이다. 이 경우 사전을 참고하면 편하다. '사랑하다'가 사전에 실려 있으면 '사랑을 하다'라고 구태여 길게 쓸 이유가 없다. '내다' 역시 비슷하다. '성을 내다'라고 써도 되나, '성내다'가 이미 단어로 등재된 만큼 목적어 없이 쓰는 게 바람직하다.

'이 건물에서는 주차를 금지합니다'처럼 타동사의 목적어를 생략하기 힘들 때는 문장 구조를 바꿔 글자 수를 줄이는 것도 요령이다. '주차 금지 구역입니다'라고 적어도 의미를 충분히 전달할 수 있지 않은가. 좋은 작가는 조사 한 글자 앞에서도 긴장을 늦추지 않는 법이다.

피동 표현

'이 글은 나에 의해 쓰여지고 있다' 이 문장은 한심하다. 사물을 주어 자리에 놓아 누가 무엇을 하고 있는지 모르게 만든다. '나는 글을 쓴다'로도 족한데 '이 글은 나에 의해 쓰여지고 있다'처럼 글을 쓰는 필자들이 의외로 많다.

피동 표현을 쓰는 필자들은 자기가 피동 표현을 쓰는 것조차 알지 못한 채 글을 쓰거나, 익숙하고 진부한 문장을 새롭고 참신한 문장으로 바꿔보겠다며 피동 표현을 찾는다. 전자가 쓴 피동 표현은 게으르고, 후자가 쓴 피동 표현은 기름지다. 대부분의 피동 표현은 문장을 길게 늘이고, 의미를 모호하게 한다. 효율적이고 정확한 글쓰기는 피동 표현을 줄이고 능동 표현을 고르는 것에서 시작한다. 특히 피동의 뜻을 더하는 접미사 '-되다'는 대부분 '-하다'로 고쳐 쓸 수 있다.

이중 피동

앞에 쓴 '쓰여지다'는 이중 피동 표현이다. '쓰여지다', '불리어지다', '믿겨지다' 따위는 피동 접미사에 피동의 의미를 더하는 보조동사 '지다'를 덧붙인 표현이다. 피동만으로도 기피해야 할 표현이니, 이중 피동은 말할 것도 없다. 절대로 쓰지 말자.

참고로 '알려지다'나 '밝혀지다'를 이중 피동 표현으로 오해하는 사람들이 많다. '-이-', '-히-','-리-', '-기-'가 피동 접미사인 동시에 사동 접미사이기도 해서 그렇다. '알려지다'는 사동사 '알리다'에 '-어지다'가 붙은 말로 이중 피동 표현이 아니다. '밝혀지다' 역시 '밝히다'가 사동사이므로 이중 피동 표현이라고 볼 수 없다.

지시어

불필요한 중복을 피하려고 쓰는 지시어 '이', '그', '저'가 오히려 불필요한 중복을 만드는 사례는 의외로 많다. '네가 오기로 한 그 자리에 앉아 너를 기다린다. 이 자리에서 보면 옷깃을 여미는 모든 여인이 결국 오지 않을 너일 것만 같다.' '그 자리'에서 '그'는 이미 이야기한 대상을 지칭한다기보다는 말하는 이의 추억이 담긴 특별한 공간이라는 의미를 더한다. 관형사 '그'를 빼도 무방하지만 '자리'보

네가 오기로 한
그 자리에 앉아
너를 기다린다
너는 그 사실을
알고 있을까.

다는 '그 자리'가 깊은 울림을 준다. 비록 이미 밝힌 내용을 받는 관형사가 아니라 할지라도 생략하지 않는 게 좋다.

반면 둘째 문장의 지시어 '이'는 불필요하다. 앞 문장에서 자리 이야기를 하다가 다음 문장으로 넘어왔으니 '이 자리'라고 구태여 설명하지 않아도 충분히 의미를 전달할 수 있다. 이 경우 지시어는 문장의 군더더기다. '이 자리에서 보면' 전체를 지워도 의미를 전달하는 데 무리가 없으므로, 전부 지우는 게 바람직하다. 최종 문장은 '네가 오기로 한 그 자리에 앉아 너를 기다린다. 옷깃을 여미는 모든 여인이 결국 오지 않을 너일 것만 같다'이다.

'이', '그', '저'로 받는 내용이 앞 문장의 구나 절처럼 긴 경우도 있다. '네가 오기로 한 그 자리에 앉아 너를 기다린다. 그 사실을 너는 알고 있을까.' 둘째 문장의 '그 사실'은 앞 문장 전체를 받는다. 그러나 이 역시 불필요하다. '너는 알고 있을까'만으로도 의미를 전달할 수 있다.

생략해도 무방한 문장 성분을 억지로 밝혀 적으려고 쓴 '이', '그', '저'는 문장의 군살이다. 주어든, 목적어든 앞 문장에서 이미 밝힌 내용이라면 지시어로 받아 짧게 쓰는 게 좋지만, 가장 좋은 방법은 지시어 없이도 의미를 전달할 수 있도록 쓰는 일이다. 앞 문장에서 이미 언급한 정보는 반드시 잔상을 남긴다. 구태여 지시어를 써서 상기시켜 줄 필요가 없을 때가 많다. 글은 덜어낼수록 좋아진다. 지우고, 지우고 또 지우자.

중복을 피하라

"멋지다"는 말을 자주 하는 교수가 있었다. 이분은 뭐만 하면 "멋지다"였는데, 그 말도 딱 떨어지는 '멋지다'보다는 '멋지다아'에 가까운, 축 늘어지는 '멋지다'였다. 처음에는 갑작스러운 칭찬에 어깨가 으쓱거리기도 했는데, 지치도록 '멋지다'를 연발하시니 나중에는 심드렁히 받아넘기게 됐다.

자주 하는 말은 그 말이 칭찬이라도 흘려듣게 된다. 글 역시 그렇다. 앞에서 쓴 단어나 구가 반복해 등장하면 글은 덜컹거리며 구른다. 앞 문장에 '적다'를 썼다면 이후에는 '부족하다', '모자라다', '불충분하다', '덜하다' 따위를 넣어 중복을 피해야 한다. 반복해 쓴 말을 새로운 말로 바꾸는 것만으로도 글은 한결 좋아진다.

그러나 이 말은 글 하나에 '육이오', '육이오동란', '한국동란', '한국전쟁'을 번갈아 쓰라는 말과는 다르다. 전문 용어나 고유 명사는 하나로 통일해 써야 한다. '한국전쟁'이라 쓰기로 했다면 '육이오'나 '한국동란'은 생각하지 말아야 한다.

"한국전쟁은 민족상잔의 비극으로, 한국전쟁을 치른 많은 젊은이들이 한국전쟁으로 목숨을 잃었고, 한국전쟁으로 수많은 이산가족이 생기기도 했다" 앞 문장은 개구리가 우는 연못처럼 소란스럽다.

반복해 쓰인 '한국전쟁'이 글을 단조롭고 어수선하게 만들었다. 앞 문장의 '한국전쟁'을 '육이오'나 '육이오동란' 같은 말로 바꿔 쓴다고 해서 글이 나아지는 건 아니다. 불필요한 말들을 생략하고 겹치는 말들을 의미가 비슷한 낱말로 바꿔야 한다. "한국전쟁은 민족상잔의 비극이다. 수많은 젊은이들이 목숨을 잃었고, 가족들은 삼팔선을 경계로 뿔뿔이 흩어졌다."처럼 쓰면 문장이 한결 좋아진다.

의미 중복

단어의 의미를 의미 없이 보충하는 말들이 많다. 생각이나 느낌 앞에 습관적으로 붙이는 '개인적인'이 대표적이다. 감정·느낌·기분·생각은 늘 주관적이고 개인적이다. '개인적이다'라거나 '주관적이다'라는 말을 구태여 붙일 이유가 없다.

'나는 개인적으로 아이유가 아이돌이 아니라 아티스트라고 생각한다' 앞 문장에서 '개인적으로'는 불필요하다. '나는 ~라고 생각한다'만으로도 생각을 명확히 전달할 수 있으므로 '개인적으로'는 꼭 지워야 한다. 좀 더 욕심을 내서 '나는 ~라고 생각한다' 전부를 지워도 좋다. '나는 ~라고 생각한다'는 문장이 길게 늘어지도록 할 뿐 어떠한 의미도 보태지 못한다. '아이유는 아이돌이 아니라 아티스트다'만으로도 생각을 명확히 전달할 수 있다.

개인적인 감정과 마찬가지로 '솔직한 고백', '내면적인 성찰'처럼 습관적으로 덧붙이는 표현들은 쓰지 말자. 늘 성찰은 내면적이고, 고백은 솔직하다. 덧붙일 이유가 없다. 단어의 의미를 곱씹어 보고 그 단어만으로도 충분하다면 별도의 수식이나 첨언은 불필요하다. 적게 쓰면서 많이 이야기하는 게 글쓰기의 핵심임을 잊지 말자.

이중주어문의 조사 중복

'아이유는 눈이 참 예뻐'처럼 한 문장에 주어가 두 개인 문장을 이중주어문이라 한다. 주어를 하나로 만든다고 앞 문장을 '아이유는 예쁜 눈을 가졌어'나 '아이유의 눈이 참 예뻐'라고 고치면 도리어 문장이 망가진다. '아이유는 눈이 참 예뻐'는 주어가 두 개인 그 자체로 자연스럽다.

다만 이중주어문을 쓸 때에는 같은 형태의 조사를 연이어 쓰지 않도록 주의해야 한다. '코끼리가 코가 길다'처럼 동일한 조사를 거듭 쓰면 읽기에 불편하다. '이/가'를 한 번 쓴 후에는 '은/는'을 써서 읽기 편하도록 바꿔줘야 한다. '코끼리는 코가 길다'는 '코끼리가 코가 길다'에 비해 읽기 편하고 의미도 뚜렷하다. '이/가'와 '은/는'을 번갈아 사용하는 것만으로도 이중주어문의 조사 중복 문제는 대부분 해결할 수 있다.

동의첩어

뜻이 같거나 비슷한 우리말과 한자어가 결합한 말을 '동의첩어'라 한다. 우리는 '생일(生日)'만으로도 '날(日)'이건만 '생일날'이라 쓰며, '고목(古木)'만으로도 '나무(木)'건만 '고목나무'라고 적는다. '강촌

마을', '낙숫물', '노래가사', '늘상', '단발머리', '돌비석', '사기그릇', '상호명', '손수건', '역전앞', '온종일', '처갓집', '추풍령고개', '함성소리', '해안가'처럼 동의첩어는 일일이 열거하기 힘들 만큼 많다. 모두 간결하지 못한 말들이다.

이렇게 말하지만 나 역시 여자친구에게 손수건을 건네며 "수건으로 얼굴 좀 닦아"라고 말하는 고지식한 사람은 아니다. 온종일 밖에서 놀고 돌아와 처갓집양념치킨을 먹고 쓰러져 자던 내게도 '종일'보다는 '온종일'이, '처가'보다는 '처갓집'이 익숙하고 편하다. 경제적인 글쓰기를 위해서라지만 이미 귀에 익은 동의첩어를 억지로 줄여 쓰면 어색하고 불편할 수밖에 없다. 다행히 국립국어원에서도 언어 현실을 인정해 '낙숫물', '단발머리', '사기그릇', '손수건', '온종일', '처갓집', '해안가' 등은 표제어로 올려놓았다. '늘상'이나 '역전앞'은 잘못된 표현이라고 명시해 놓은 만큼 써서는 안 되겠지만 나머지는 눈치껏 써도 된다.

의미 중복은 구나 절 단위에서도 나타난다. 사람들은 숙원(宿願)만으로도 묵은 소망이건만 '오랜 숙원'이라 말한다. '여생(餘生)'만으로도 '남은 생'인데 '남은 여생'이라 쓰고, '황야(荒野)'는 거칠기 마련인데 '거친 황야'라고 적는다. '좋은 호평', '푸른 창공', '맡은 임무', '옅은 미소' 역시 의미를 중복해 밝힌 표현이다. 되도록 사용하지 말자. 절 단위로 넘어가면 의미 중복 표현의 폐해는 보다 심각하다.

'원고를 송고하다'는 술목관계 한자어의 의미를 따져보지 않고 목적어를 붙인 표현이다. '송고(送稿)'는 '보낼 송(送)'자에 '원고 고(稿)'

자를 붙여 만든 한자어로 '원고를 (편집자에게) 보낸다'는 의미를 갖고 있다. 흔히 '이미 원고를 송고했는데요' 꼴로 쓰지만 중복 표현이므로 '이미 송고했는데요' 혹은 '이미 원고를 보냈는데요'라고 써야 한다. 이처럼 한자어의 의미를 따져보지 않고 글을 쓰는 사례가 잦은데, 문장의 군살이므로 바로잡는 게 좋다.

지나치게 과소평가하다

'지나치게 과소평가하다'는 흔히 쓰는 중복 표현이다. '과소평가'에 이미 '과하다'할 때 쓰는 '과(過)'자가 붙는다. '내가 널 지나치게 과소평가한 것 같아'라는 표현은 '내가 널 지나치게 저평가한 것 같아' 혹은 '내가 널 과소평가한 것 같아' 정도로 고쳐 써야 한다.

구름처럼 운집하다

'운집(雲集)'은 '구름 운(雲)'자와 '모일 집(集)'자가 합쳐진 글자로 '구름처럼 모여 있다'는 뜻을 가진 단어다. 그러므로 '서울 광장 집회에 사람들이 구름처럼 운집했다'에서 '구름처럼 운집했다'는 의미 중복 표현이다. '구름처럼 모였다'거나 '운집했다'는 식으로 고치는 게 좋다. 동일한 이유로 '구름인파 운집' 역시 그 수를 강조하려면 '○명 운집' 정도로 고쳐 쓰는 게 바람직하다.

곧바로 직행하다

'곧바로 직행하다'는 어떤가. '직행(直行)'은 직행만으로도 '다른 곳을 거치지 않고 바로'라는 의미를 담고 있다. '곧바로'라는 말을 구태여 붙여 쓸 이유가 없다. '직행하다' 앞에 '~로'를 넣다보면 은연중에 '곧바로'를 찾는 경우가 많으므로 특히 주의해야 한다. '곧바로 본선으로 직행하다'는 '본선으로 직행하다'만으로도 차고 넘친다.

각 부문별

'각 부문별'처럼 '낱낱'이라는 뜻을 더하는 '각(各)'과 일부 명사 뒤에 붙어 '그것에 따른 낱낱'이란 의미를 더하는 '별(別)'을 함께 쓸 이유가 없다. '부문별 대상'이나 '각 부문 수상자'만으로도 충분하다.

겉으로 표출하다

'겉으로 표출하다'의 '겉으로' 역시 불필요하다. 글을 간결하게 쓸 줄 모르는 작가들이 '화를 겉으로 표출하지 않고 삭이다보면 병이 생긴다'처럼 쓴다. '분을 삭이다'나 '화를 삭이다'가 이미 '드러내지 않는다'는 의미를 담고 있으므로 '겉으로 표출하지 않고'는 문장의 군더더기다. '화를 삭이다보면 병이 생긴다'만으로도 충분하다. 백 보 양보해도 '밖으로 표출하다'나 '겉으로 표출하다'처럼 써선 안 된다. '표출하다'만으로도 '겉으로 나타내다'라는 의미와 어감을 정확히 전달할 수 있기 때문이다.

시험에 응시하다

'응시하다'는 그 자체로 '시험에 응하다'라는 의미를 담고 있다. 그러므로 '한자능력검정시험 응시자', '한국어능력시험 응시율'처럼 부득이하게 사용하는 경우가 아니라면 '시험에 응시하는 학생들이 예년에 비해 많다'는 식으로는 적지 말아야 한다. '시험을 치르는 학생들' 혹은 '응시자'만으로도 충분하다.

관점에서 보다

전반적인 관점에서 바라보고, 미시적인 관점에서 바라보고, 새로운 관점에서 바라보지 말자. '관점'은 '관점'만으로도 바라보고 관찰한다. '전반적인 관점에서 바라봤을 때'를 '전반적으로'나 '전반적으로 바라봤을 때'라고 고치면 문장이 한결 산뜻해진다.

-쯤, 약, -가량, 대략, 어림잡아

'한두 시간가량'은 어떤가. "여기로 오는 데 얼마나 걸릴 것 같아?"라는 질문에 "한두 시간쯤?" 혹은 "한두 시간가량?"이라고 대답하는 경우가 많은데, '한두'는 이미 '하나나 둘'을 의미하는 단어로 그 안에 '짐작'이라는 의미를 담고 있다. "한두 시간 걸리겠는 걸" 혹은 "한 시간가량 걸리겠는 걸" 정도로 고쳐 써야 한다.

이처럼 정확하지 않은 수치를 어림짐작해 묘사할 때 실수가 잦은데 '30~40%가량' 역시 비슷한 실수 가운데 하나다. '30~40%'가 이미 대강 헤아려 짐작한 수치이므로 '가량'을 덧붙일 필요가 없다. '30%가량'이나 '30~40%'라고 쓰면 된다.

수효나 양을 어림짐작할 때 쓰는 표현을 겹쳐 쓰면 글을 불필요하게 늘일 뿐만 아니라 글쓴이가 부정확하게 글을 쓴다는 인상을 줄 수도 있다. '-쯤', '약', '-가량', '대략', '어림잡아' 같은 표현들을 동시에 사용하지는 말자.

쉽게 쓰자

본인의 생각이나 느낌조차 정확하게 표현하지 못하는 글쓴이가 쓴 한자투 표현이 문장을 무겁게 한다. 초보자들은 '알다'라고 써야 할 곳에 '인식하다'라고 적고, '생각한다'라고 써야 할 곳에 '사고한다'라고 적는다. '탑승', '작용', '존재'처럼 필요 이상으로 문장을 길고 무겁게 만드는 표현들을 의미조차 따져보지 않고 쓴다.

우리가 쓰는 한국어는 고유어나 한자어나 외래어다. 특히 대부분은 한자어다. 한국어에서 한자어를 몰아내고 고유어만 사용하자고 주장하는 학자들도 있지만, 한자어를 쓰지 않고서는 마침표 하나 제대로 찍기 힘든 게 현실이다. 이미 한자어는 피할 수도 없고, 피해야 할 이유도 없는 우리말이다.

문제는 남용하는 한자어다. 상황과 문맥에 맞지 않게 쓴 한자어가 글을 망치는 경우가 대표적이다. 가령 '네가 고백을 받아 줄 가능성이 존재한다면'처럼 쓰는 필자들이 의외로 많다. 가능성(可能性)이라 쓸 이유도 없으며, 더군다나 존재(存在)는 지나치게 엄숙하다. '네가 고백을 받아준다면'으로도 의미를 충분히 전달할 수 있는데, '가능성이 존재한다면'처럼 쓰면 글이 우스워진다.

필자가 바닥에 웅크려 광을 내면 독자들은 금방 알아챈다. 홍길동전을 쓴 허균이 '어렵고 교묘한 말로 글을 꾸미는 건 최고의 경지에 이른 게 아니라 문장의 재앙이다'라고 말한 이유를 곱씹어 봐야 한다. 좋은 글은 정직하면서도 소탈하고, 단정하면서도 무엇보다 쉽다.

문장에서 허영과 가식을 털어내려면 고된 훈련을 해야 한다. 훈련 없이 쓴 글에는 정보를 전달하지 않는 불필요한 단어, 의미를 모르고 쓴 부정확한 전문 용어가 들어가게 마련이다. 다음은 어깨에 힘이 들어간 말들이다.

존재(存在)

'존재'라는 용어가 낯설지 않다. 우리는 '강렬한 존재감', '묵직한 존재감', '압도적인 존재감'도 모자라 '미친 존재감'까지 쓴다. 고찰하고, 성찰하고, 사유해야 할 것 같던 '존재'는 이제 '고마운 존재', '특별한 존재', '엄마 같은 존재'처럼 일상적으로 쓰이고 있다. 그러나 꼭 '존재'여야 하나 싶다. 존재라는 말은 지나치게 어렵다. 존재는 '참을 수 없는 존재의 가벼움'이라는 말을 그토록 가볍지만은 않게 만든다. 되도록 쓰지 말자. 내게 '고마운 존재'라면 '고마운 사람'만으로도 충분하다. 특히 '노인을 위해 존재하는 나라는 없다'처럼 쓰지는 말아야 한다.

인식(認識)

'인식' 역시 낯설지 않은 용어다. '얼굴 인식', '지문 인식', '음성

인식' 따위가 널리 쓰여서인지 '생각'이라 적어야 할 자리에 '인식'이라 적고, '알다'를 써야 할 자리에 '인식하다'를 쓰는 필자들이 의외로 많다. 그러지 말자. '직장 생활의 꽃이 회식이라는 잘못된 인식'은 '잘못된 생각'만으로도 족하다. 의미를 보다 섬세하게 전달하려면 '잘못된 통념'이나 '편견'쯤으로 고쳐도 무방하다.

착수(着手)

'붙을 착(着)'자를 쓰는 착수는 '(일에) 손을 대다'라는 뜻을 가진 한자어다. '~에 착수하다' 꼴로 쓰이며 '시작하다'라는 의미를 더한다. '~에 착수하다' 대부분은 '~을 시작하다'로 고쳐도 어김없이 의미를 전달할 수 있다. '검찰이 수사에 착수하다'를 '검찰이 수사를 시작했다'라고 바꿔 쓴다고 검찰의 품격이 떨어지는 건 아니다. 수사 역시 그저 '시작'하는 게 좋다.

실정(實情)

'사실(상)', '진실(로)', '참(으로)', '현실(이다)'의 현학적인 대체어로 '실정'을 쓰는 필자들이 많다. 그러나 '실제 사정'이라는 의미를 더하는 '실정'은 대부분 불필요하다. '지역 실정에 맞는 정책'처럼 적확하게 쓴 '실정'이 아니라면 모두 지워야 한다. 특히 '생계형 창업이 늘면서 영세 자영업자들 간의 경쟁이 치열해지고 있는 실정이다'처럼 써선 안 된다. '치열해지고 있다'만으로도 충분한데 '치열해지고 있는 게 현실이다', '치열해지고 있는 상황이다', '치열해지고 있는 실정이다'라고 쓰면 글이 늘어지고 무거워진다.

경악을 금치 못하다

'경악(驚愕)'이라는 말은 '놀랄 경(驚)'자에 '놀랄 악(愕)'자를 쓴다. 고백하자면 나 역시 이 말에 욕심을 냈었다. '악'이 놀라서 내지르는 외마디 소리와 비슷해 이 말은 '경악'만으로도 놀란다. 그러나 '경악'으로 놀라려면 부득이하게 금치 못해야 한다.

누구도 금지한 적이 없는데도 '경악'은 줄곧 '경악을 금치 못하다'였다. 이 말은 꼭 1인분만 먹고 싶어 찾아갔는데 2~3인분은 주고야 마는 단골 떡볶이집처럼 사람을 당혹스럽게 한다. '경악을 금치 못하다'는 한자어가 반복될 뿐더러 문장마저 길게 늘어지도록 한다. 되도록 쓰지 말자.

전무후무(前無後無), 전대미문(前代未聞)

전무후무는 '이전에도 없었고 이후에도 없다'는 의미를 더하는 말이고, 전대미문은 '이전 세대는 들어 본 적이 없다'는 뜻을 가진 단어다. 둘 다 고루한 한자어다. 되도록 사용하지 말자.

이 언어에는 농경 사회의 풍경이 담겨 있다. 소가 쟁기를 끌고, 여름밤에 풀벌레가 울고, 벼가 누렇게 익고, 장작이 타는 시간. 전 세대가 축적한 경험이 세계상(世界像)의 전체를 이루던 시대. '연이은 가뭄'이나 '원인모를 병'으로 고생하는 젊은이들이 어른들에게 묘책을 묻던 시기의 말들이다. 그러나 지금은 어떤가. '트위터', '페이스북', '와이파이', '노트북', '무선마우스'처럼 전 세대에는 없었고, 전대(前代)에는 들어보지 못한 것들이 가득하다. '전무후무', '전대미문'이 아닌 것들을 찾아보기 힘들게 됐다. 시대는 이렇게 변했는데 우리는 아직도 '전무후무', '전대미문'이다. 부디 그러지 말자.

문장부호를 적절하게 쓰자

작은따옴표(' ')

작은따옴표는 가볍고 산뜻하다. 가독성을 떨어뜨리지 않으면서도 작은따옴표 안의 내용을 밖의 내용들과 적절히 분리해 낸다. 마음속으로 한 말을 적거나 인용말 안의 인용말을 표시할 때 쓴다지만, 그보다는 특정 구절이나 문장을 글과 나누어 떨어뜨릴 때 주로 사용한다. 작은따옴표를 쓰면 따옴표 안의 내용이 도드라져 보이는데, 이 역시 작은따옴표가 특정 구절이나 문장을 본문과 나누면서 자연스럽게 파생되는 효과다. 가령 "'그녀의 웃음소리가 밤하늘의 달빛처럼 은은하게 번졌다'라는 문장을 살펴보자"에서 작은따옴표는 예문과 본문을 가르면서 동시에 예시문을 강조한다.

작은따옴표를 특정 단어나 구에 써서 힘을 줄 수도 있다. 일종의 악센트다. "슬픔에 '흠뻑' 젖어야 한다"나 "가을은 '이별의 계절'이다"처럼 단어나 구에 작은따옴표를 붙이면 따옴표 안의 내용이 도드라진다.

속어나 은어 따위에 붙이는 작은따옴표도 있다. "'막장드라마'는 어느 틈엔가 안방극장으로 스며든 스테디셀러다"에서 작은따옴표는 '속칭'이나 '이른바'를 대신하는 문장부호다. 이처럼 작가들은

'막장드라마'처럼 대체해 쓸 만한 정식 용어가 없는 말을 부득이하게 써야 할 때 작은따옴표를 찾는다.

아무리 가볍고 산뜻한 문장부호라지만 작은따옴표를 자주 사용하면 글에 부담을 주고 독자를 혼란스럽게 할 수 있다. 적절하게 사용한 작은따옴표만이 노신사의 행거칩처럼 글의 품격을 높인다는 걸 잊지 말자.

물음표(?)와 느낌표(!)

물음표는 의문에, 느낌표는 영탄에 주로 쓴다. 이 문장부호들은 무겁고 억세다. 쇠심줄처럼 질겨서, 씹어 삼키기 힘들다. 독자가 공감할 수 있는 이상으로 물음과 감탄을 강요하는 문장부호다. 진중하게 쓴 문장에 물음표나 느낌표를 찍으면, 글 전체에서 그곳만 움푹 꺼지거나 하늘로 솟구친 느낌이 든다. 담백하고 정갈한 문장을 쓰려는 작가라면 마침표만으로 만족할 줄 알아야 한다. 특히 부호를 중첩해 느낌의 강약이나 어감을 조절하지는 말자. "아마도 국내 최고령 시구자?![??, !!, !!!]"처럼 사용하지는 말아야 한다.

쉼표(,)

'쉼표'라는 말에 속지 말자. 쉼표는 '쉼(休)'보다는 '연장' 혹은 '지속'과 관계를 맺는 문장부호다. 작가들은 한 호흡에 읽을 수 없을 만큼 긴 문장을 휘갈겨 써 놓고는 문장에 쉼표를 넣어 말을 건다. "문장이 좀 길죠? 글이 제 맘대로 잘 안 써지네요. 그래도 이쯤에서 끊어 읽으면 읽을 수 있을 겁니다" 이렇게 변명하듯 사용하는 문장부호가 '쉼표'다. 아주 긴 문장이라면 적절히 쉼표를 넣어 끊어줘야 하지만 애초에 문장을 짧게 쓰는 것만 못하다.

빠르게 글을 읽던 독자는 쉼표 앞에서 주춤거릴 수밖에 없는데, 이 주춤거림이 쉼표가 문법적 기능을 수행하도록 한다. 가령 '사람들이(,) 많은 도시를 여행하다 보면 특별한 일을 경험한다'처럼 두 가지 의미로 읽히는 문장에 쉼표를 넣으면 '구조적 중의성'을 피할 수 있다. 현재 많은 글쓰기 교본들이 이처럼 쉼표를 찍어 구조적 중의성을 피하라고 가르친다. 그렇게 배웠다면, 잊어버리자. 구태여 짧은 문장에 휴지(休止)를 넣어 가독성을 떨어뜨릴 이유가 없다. 쉼표를 찍기보다는 문장 구조를 손보거나 단어를 바꿔 써서 문장의 의미가 명확히 드러나도록 하는 게 바람직하다.

'쉼표'는 항목을 나열하기도 한다. 친구 생일파티에 초대받은 아이가 조잘거리는 말처럼 말이다. '피자, 치킨, 케이크 말고도 맛있는 거 엄청 많았어!' 쉼표는 3개 이상의 항목을 연결할 때 유용하지만 나열하는 항목이 두 개인 경우에는 접속 조사 '-와/과'를 붙여 쓰는 게 가독성을 높이는 데 좋다.

줄표(—)

줄표는 문장 중간에 특정 구절을 삽입하는 역할을 한다. '처음 잡은 그녀의 손이 눈송이—그녀에게 사귀자고 고백한 날 내 입술에 앉은 눈송이가 그랬다—처럼 차가웠다.' 줄표는 줄표가 없었더라면 다음 문장에서 설명해야 했을 내용을 단어가 나온 김에 설명할 수 있도록 돕는 문장부호다. 작가에게는 편리한 문장부호지만 독자들은 줄표 사이에 들어간 내용이 길어질수록 문장의 구조나 의미를 파악하기 힘들어한다. 되도록 쓰지 말자.

수사법은 삶의 원리다

후배 '규'가 사진기자를 뽑는 시험에 지원해 최종면접까지 간 일이 있다. 면접장으로 가던 규는 지하철에서 껌을 밟았는데, 껌딱지를 길조라 여겼는지 떼지도 않고 면접장엘 갔다. 후에 껌딱지의 추억이라며 단체 카카오톡방에 올라온 사진에는 구두코에 껌딱지가 보란 듯이 붙어 있었다.

여전히 엿이나 찹쌀떡은 수험생에게 많이 주는 선물이다. 이에 쩍쩍 달라붙는 엿이나 찹쌀떡처럼 대학에 철썩 붙으라는 의미다. 구두에 붙은 껌딱지처럼 말이다. 이처럼 비유는 시나 문학작품 속에 박제된 기교가 아니다. 세상과 관계를 맺는 방식이며 세상을 이해하는 원리다.

여러분은 기초교육을 받으며 다양한 수사법을 배우고 익혔다. '초승달처럼 가는 허리(직유법)'라던가 '내 마음은 호수요(은유법)' 따위의 낯간지러운 비유가 그것이다. '사람은 빵만으로 살 수 없다'(제유법)도 빠지지 않고 등장하는 수사법이다. 생활 속에서 쓰기에는 지나치게 장식적이고 무거운 표현들이다.

교과서에서 볼 수 있는 멋들어진 수사문에 비해 생활 속 수사문은 투박하지만 효과적이다. 통화를 하는 친구가 "메모하게 펜 좀 줘봐"

라고 말한다면, 그건 꼭 '펜'을 달라는 게 아니라 필기구 중에 아무거나 달라는 말이다. 제유법을 쓴 수사문이다. 환유 역시 어렵게만 볼 일이 아니다. 요즘 후배들은 먹고 싶은 음식을 상호로 대체해 부르곤 한다. "치킨버거 먹고 싶다"고 말하지 않고 "맥도널드 먹고 싶다"고 말한다. 맥도널드는 브랜드명이므로 '먹다'라는 동사와 어울릴 수 없는데도 "그래, 맥도널드 먹으러 가자"고 답한다. 환유적 표현이다. '청와대는 야당의 요구에 침묵했다'에서 '청와대'가 대통령과 그 측근을 가리키는 것처럼 '맥도널드 먹고 싶다'에서 '맥도널드'는 맥도널드에서 판매하는 각종 먹거리를 아우른다. 불볕더위에 아이스크림은 녹아도 사람은 녹지 않는데 '몸이 녹아내리는 것 같다'고 말한다. 과장법이다. 이처럼 생활 속 수사문은 케케묵은 말들을 매끈하고 맵시 있게 만든다.

은유

은유는 비유의 정수다. 직접적으로 말하는 직유에 비해 에둘러 말하는 은유는, 단어의 어감 탓인지 부드럽고 더 나아가 가냘프다는 오해마저 산다. 그러나 은유는 강력한 선언이다. 은유는 '당신은 천사 같다'고 말하지 않고, '당신은 천사다'라고 말한다. 대상을 단정하고 들어간다. 단도직입적이다. '당신'과 '천사'의 속성 일부가 비슷하다거나 겹친다고 말하는 직유에 비할 바가 아니다.

'같이', '-듯이', '처럼' 따위로 연결하지 않더라도 대상을 규정하고 단정하는 은유는 효율적이다. '은유는 최소의 면적에 최대의 진리를 간직하는 법'이라는 미국의 소설가 올슨 스캇 카드의 말은 결코 과장이 아니다. 최소한의 군더더기도 허락하지 않는 은유는 적확하면서도 암시적이다.

직유

"직유는 은유의 가난한 사촌이다" 이 말 역시 은유다. 그러나 은유와 직유는 어느 한쪽이 낫거나 못한 관계가 아니다. "직유와 은유의 차이는 근소하다. '아킬레스가 사자처럼 적을 덮쳤다'라고 말하면 직유다. 반면 '사자가 적을 덮쳤다'고 말하면 은유다. (…) 직유는 은유가 쓰이는 것과 똑같이 쓰인다." 아리스토텔레스가 『수사학』에서 한 말이다. 원관념과 보조관념을 어떻게 잇는가가 다를 뿐, 둘 사이의 우열을 가리긴 어렵다.

실제로 비유의 마당에서 볕 드는 마루는 늘 직유 차지다. 작가들은 '같이'나 '처럼'을 붙여 원관념과 보조 관념을 노골적으로 잇는 직유를 서자 취급하지만, 잘 짜인 직유는 자상하고 멋지다. 한 치의 오차도 없이 의미를 전달하려는 듯 원관념과 보조관념을 확실히 가른다. 잘 짜인 직유라면 작은 가시 하나 놓치지 않고 발라 준 생선살처럼 맘 놓고 삼킬 수 있다.

청량감이 부족한 비유, 두서없이 쓴 비유는 시기를 놓친 깜짝파티처럼 겸연쩍고 당혹스럽다. 비유에서 중요한 것은 '직유냐, 은유냐'가 아니라 얼마나 새롭고 감각적인 비유를 쓸 수 있느냐다.

비교와 대조

전혀 다를 것만 같던 두 대상을 연결하거나, 정확히 일치할 것만 같던 두 대상에서 기어코 차이를 발견하는 수사법이 있다. '비교'와 '대조'다.

일반적으로 '비교'는 '둘 이상의 것을 견주어 공통점이나 차이점, 우열을 살피는 일'이다. 반면 수사법으로서의 비교는 '공통점'에 집중한다. 관계가 없어 보이는 것들 사이에서 공통점이나 유사성을 찾아 잇는 방식이 비교다. 가령 아룬다티 로이는 「9월이여, 오라」라는 연설문에서 9월 11일에 일어난 세 가지 역사적 사건들을 병치시켜 서구의 위선을 폭로한다. 우리는 9월 11일에 9·11 테러만을 기억한다. 그러나 9월 11일은 1973년 미국 CIA를 등에 업은 피노체트 장군의 쿠데타 세력이 아옌데 정권을 무너뜨린 날이다. 또 다른 9월 11일은 1922년 영국 정부가 아랍인들의 반대 시위를 무시하고 팔레스타인 신탁통치를 선포한 날이다. 서구를 일방적 피해자로 기억하게 하는 9월 11일조차 서구의 침략으로 점철돼 있으니, 서구는 위선적이지 않느냐며 아룬다티 로이는 비판한다. 이때 9월 11일에 일어난 역사적 사건들에 관계를 부여하는 방식이 비교다.

반면 '대조'는 이미 관계를 맺은 대상 사이의 차이점을 부각하는 방식이다. 대조는 사이로 비집고 들어가 틈을 벌린다. 그렇기에 대조가 가능하려면 관계가 명확해야 한다. 셔츠와 컴퓨터를 대조하는 건 아무런 의미가 없다. 셔츠와 청바지를 대조하는 것보다는 체크셔츠와 스트라이프 셔츠를 대조해야 효과적이다. 관계가 뚜렷한 대상일수록 비로소 대조가 빛을 발한다. 공통점이 없다면 차이점은 무의미하다.

역설

내가 가장 사랑하는 사람이 나를 가장 아프게 한다. 사랑의 역설이다. 기념일은 특별히 행복해야 할 날이라는 생각에 짜증이 나고 화가 돋는다. 기념일의 역설이다. 남이 하면 웃으며 넘길 사소한 실수도 친구가 하면 쉽게 용서하지 못한다. 우정의 역설이다. 이처럼 진술만으로는 앞뒤가 맞지 않으나 깊은 곳에 삶의 진실을 담고 있는 말들이 역설이다.

'사랑하니까 보내준다'는 역설이 한 때 유행이었다. 조건 좋은 남자의 등장에 뒷걸음질하는 남자, 키울 여력이 안 돼 아이를 입양시키는 부모가 변명하듯 내뱉는 말이다. 사랑하니까 놓지 말아야 하고, 사랑하니까 지켜줘야 한다지만 사랑하는 이를 위해 자신의 사랑마저도 힘겹게 접는 사랑을 사랑이 아니라 말할 단호함이 나에게는 없다. 이처럼 역설은 모순적인 삶의 진실을 담은 모순적인 말들이다.

정반대의 것들이 어울려 충격을 주는 역설은 낯설고도 자극적이다. '침묵은 금이다'를 '침묵은 말보다 웅변적이다(토머스 칼라일)'라고 쓰면 마음에 잔물결이 넓게 퍼진다. '세상에 공짜는 없다'보다는 '공짜로 얻는 것은 너무 많은 대가를 치른 것이다(장 아누이)'가 인상적이다. '침묵'과 '웅변', '공짜'와 '대가'처럼 상반되는 것들 사이에서 묘한 긴장이 생긴다. 역설은 한 언어의 정수이자 재치 있는 작가들이 가장 사랑하는 논증 방식이다.

무릎을 치게 만드는 역설을 쓰기란 힘들지만 역설을 쓰는 요령은 있다. 우선 키워드를 하나 잡는다. '선행'이 좋겠다. 그 후에 반의어를 찾는다. 선행의 반의어는 '악행'이다. '선행'과 '악행'을 골랐다면 '악행'의 성질과 연관된 표현을 신중히 고른다. '악독하다·해롭다·표독스럽다' 따위가 떠오르는데, '표독스럽다'가 맘에 든다. 그리고 '(어떤) 선행은 악행보다 표독스럽다' 꼴로 바꿔보자. '어떤'과 비교격 조사 '-보다'만으로도 역설을 만들 수 있다. '(어떤) 침묵은 웅변보다 소란스럽다', '(어떤) 공짜는 제값보다 비싸다' 꼴로 응용할 수 있다. 훌륭한 역설이라 말하기엔 부족하더라도 역설의 골격으론 충분하다. 특히 분초를 다투는 글쓰기 시험에서는 손쉽게 만든 역설 하나가 글에서 무게추 역할을 하는 경우가 많다. 십분 활용하자.

대구

국내 정상급 선수와 최근 실적이 부진한 선수가 맞붙는 경기를 중계하며 한 해설자가 다른 해설자에게 결과를 어떻게 예상하느냐고 물었다. 상대 전적에서 밀리는 선수가 특별한 전략을 준비했을 거란 말도 덧붙였던 걸로 기억한다. 그 물음에 해설자는 "전략을 감출 수는 있지만 전력을 감출 수는 없다"고 답했다. 아무리 맞춤형 전략을 세우고 왔다고는 해도 절대적인 경기력의 차이는 메울 수 없다는 말이다. 결국 이변은 없었다.

“전략을 감출 수는 있지만 전력을 감출 수는 없다” 곱씹어 볼수록 좋은 말이다. 이처럼 정확하면서도 아름다운 문장 하나는 간곡하게 쓴 글 한 편보다도 효과적이다. ‘전략’과 ‘전력’을 대비시켜 대구로 엮은 이 문장은 정갈하면서도 강력하다. 좋은 대구는 글에 부담을 주지 않으면서도 생각과 의견을 압축적으로 전달한다.

“시에는 시의 이름으로 시 아닌 것들을 솎아내는 야금술의 길이 있고 시 아닌 것을 모아 시를 만드는 연금술의 길이 있다” 평론가 신형철의 문장이다. 광석에서 금속을 추출하는 ‘야금술’과 금속이 아닌 것을 금속으로 만드는 ‘연금술’을 대구로 엮은 문장이다. 김영랑 시인의 「돌담에 속삭이는 햇발」처럼 언어의 토양에서 시적 언어를 캐내고 흙을 털어 쓴 시가 전자에 속한다면, 최승자 시인의 「일찌기 나는」처럼 시가 아닌 말들이 모여 시가 된 시는 후자에 속한다.

일찌기 나는 아무 것도 아니었다.
마른 빵에 핀 곰팡이
벽에다 누고 또 눈 지린 오줌 자국
아직도 구더기에 뒤덮인 천년 전에 죽은 시체.

아무 부모도 나를 키워 주지 않았다
쥐구멍에서 잠들고 벼룩의 간을 내먹고
아무 데서나 하염없이 죽어 가면서
일찌기 나는 아무 것도 아니었다

떨어지는 유성처럼 우리가
잠시 스쳐갈 때 그러므로,
나를 안다고 말하지 말라.
나는너를모른다 나는너를모른다
너당신그대, 행복
너, 당신, 그대, 사랑

내가 살아 있다는 것,
그것은 영원한 루머에 지나지 않는다.

일찍이 나는, 이 시의 마지막 문장만큼 가슴 아픈 선언을 들어 본 적이 없다.

우리는 작은 성공에도 시기하는 친구를 미워하고, 그저 사랑하고만 싶은데 사소한 일로 토라지는 그녀를 미워하고, 자기의 능력을 몰라주는 상사를 미워한다. 누군가를 끊임없이 미워하면서 우리는 끝끝내 스스로를 미워하지 않는다. 그렇기에 누군가를 모질게 비하하는 일은 자기를 끈질기게 사랑하는 일과 크게 다르지 않다.

'마른 빵에 핀 곰팡이 / 벽에다 누고 또 눈 지린 오줌 자국' 누군가로부터 얼마만큼 상처받아야 이토록 모질게 자기를 비하할 수 있는 걸까. 얼마만큼 내몰려야 스스로를 사랑하는 일을 멈출 수 있는 걸까. 이 시를 처음으로 읽으며 아찔하도록 아득한 슬픔의 경지에 놀라 슬퍼하는 일조차 잊었던 걸로 기억한다.

'이 시는 아름답지 않다' 이것만으로 충분할까. '이 시는 시이기를 일찍이 포기했다' 아름답기를 포기한 과격한 단어들. 의미를 숨기기를 포기한 직설적인 문장들. 호흡을 고르게 하기를 포기한 불규칙한 언어들. 김영랑의 시는 시가 아닌 것들을 솎아 내며 시가 됐다면, 최승자의 시는 시가 아닌 것들이 모여 시가 된다.

신형철은 '야금술'과 '연금술'이라는 무관한 단어에 질서와 의미를 부여하여 한 문장으로 시의 이원성을 정확하게 묘파해냈다. 이처럼 어조나 어세가 비슷한 어구를 짝지어 배치하는 대구(對句)는 생각을 압축적으로 전달하면서도 글의 품격을 높여 주는 수사의 정수다.

1980년대는 '격렬한 외상의 날들'이었으나 1990년대는 '우울한 내상의 날들'이었다. 한 시절은 속절없이 저물고 함께 꾸던 꿈은 가뭇없이 사라졌다.

애틋한 긍정에서 애절한 부정까지의 이 거리가 바로 김선우 시의 넓이다.

세상의 꽃은 세상의 칼을 이기지 못한다. 그러나 그 백전백패의 아름다움만이 서정의 본진이고 문명의 배수진이다.

서정시는 아름다운 말로 쓰는 것이 아니라 말을 아름답게 쓰는 것이다.

사유를 건너뛴 감각은 가슴만 물들이지만 사유를 관통한 감각은 머리까지 흔든다.

그(황병승)는 마이너리티에 대해 말하지 않는다. 마이너리티가 그의 시에서 말한다.

담배는 백해무익이요 마침표는 다다익선이다.

반대의 목소리는 아름다우나 무력해 보이고, 답답한 현실은 끔찍하지만 완강해 보인다.

시적 엄살은 전염성이 높지만 흉내 내기는 어렵다. 아름다운 엄살 이전에는 숱한 몸살의 시간들이 있어야 하기 때문이다. 더 많이 사랑하는 사람이 지는 게 사랑이지만, 더 많이 아파하는 사람이 이기는 게 시다.

위의 문장들은 평론가 신형철의 것이다. 나는 그만큼 대구(對句)를 사랑하면서도 사랑스러운 대구를 쓸 줄 아는 작가를 만나 본 적이 없다. 그의 대구는 적확하면서도 명료하고 아름다우면서도 우아하다.
혹자는 대구(對句)를 말놀이라고 비난한다. 그들의 말대로 대구는 말놀이에 지나지 않을지도 모른다. 그렇다면 말놀이는 위대한 것이다.

내뱉은 후에야
아파하고,
후회하고,
성장할 수 있는 것이
사랑이고
글쓰기다.

사랑한다
말할걸...

모든 초고는 걸레다.

-어니스트 헤밍웨이

2부

글쓰기의 거의 모든 것

정확하게 쓰면 저절로 아름다워진다

금발은 도도하고, 멍청하며, 쇼핑을 좋아하는 푼수다. 금발에 대한 선입견이 이렇다. 외모와 학식은 별개인데도, 사람들은 금발을 보고 그렇게 생각한다. 살이 찐 사람은 어떤가. 오타쿠는 취향과 기호의 문제인데도, 사람들은 상상 속에서 살이 찐 남성에게 '미미짱 내 꺼라능'이라고 적힌 말풍선을 단다. 생김과 성품, 외향과 취향은 무관한데 은연중에 관계없는 두 가지를 엮어서 이미지로 기억한다.

글 역시 숱한 오해를 받는다. 아름다운 문장은 모호하고 불명확하다는 오해가 대표적이다. 미문을 장식적이고 기교적인 글이라고 생각하는 많은 이들이 미문의 의미 전달력을 의심한다. 그러나 미문과 명확한 문장은 충돌하는 개념이 아니다. 잘 쓴 문장은 아름다우면서도 명확하다. 적확한 수사는 늘 명확함에 기여한다. 신형철과 이동진의 평론이 그렇다. 가장 정확하게 쓰다 보니 자연스레 아름다워진 글이다. 이런 글을 보고 '현란하다'거나 '겉만 번지르르하다'고 평하는 이는 문장의 정수를 모르는 사람이다.

프랑스의 시인 겸 평론가 레미 드 구르몽의 「눈」을 보자. 「눈」의 첫 문장은 "시몬, 눈은 네 목처럼 희다"이다. 이 문장의 원형은 '시몬의 목이 하얗다'일 것이다. 이 문장만으로 명확하고 아름다운가. 문법적으로 올바르다고 말할 수 있겠지만 충분하다고는 말하기 힘들다. '하얗다'도 제각각이다. 형광등의 불빛도 하얗고, 손때가 탄 내 노트북도 아직까진 하얗다. 성애가 낀 유리창도 하얗고, 자르고 남은 손톱도 하얗다. 하얀 빛깔도 제각각인데 사람들은 '하얗다'고 뭉뚱그려 말한다. '시몬의 목이 하얗다'면 대체 어떻게, 얼마만큼 하얀 걸까. '시몬의 목이 하얗다'는 많은 걸 말하는 듯하지만 실은 아무것도 말하지 않는다.

'시몬의 목이 하얗다'고 쓰기 싫었던 시인은 '시몬의 목은 눈처럼 희다'고 적었을 테다. 하얗고 투명한 눈을 보조 관념으로 세워 시몬의 목이 그만큼 희고 투명하단 걸 강조하려고 말이다. 그러나 '눈처럼 희다'로는 충분치 않다. 정염에 눈먼 시인에게 시몬의 목은 세상 어느 것보다 희고 눈부시다. 가녀리고도 탐스러우며, 눈부시게 아름다우면서도 차고, 그러면서도 멀다. 세상 무엇과도 비교할 수 없는 시몬의 목을 눈 따위에 비교하다니. 시인은 자신의 부족한 재능을 저주하며 좌절했을 테다. 잠도 못 자고 고민하던 시인은 '시몬, 눈은 네 목처럼 희다'라고 적고서야 단잠을 잤을 것이다. 이 문장은 하얗고, 순결하고, 아름다운 관념의 왕좌에서 눈을 내쫓고 시몬을 앉힌다. 시몬은 이제 '하얗고', '순결하고', '아름다운' 것을 대표하는 무엇으로 역사에 남았다.

'시몬의 목이 하얗다'와 '시몬, 눈은 네 목처럼 희다'의 차이는 삶과 죽음의 차이만큼이나 크다. 한 문장은 고루하고, 무능력하며, 단순하지만 다른 한 문장은 신선하고, 풍부하며, 관능적이다. 사랑하는 여인의 흰 목을 탐한 시인의 정열이 이토록 정확하면서도 아름다운 문장을 만든 것이다.

'녹음이 푸르르다' 따위의 화려한 장식으로 눈속임하려는 작가는 대개 실패할 수밖에 없다. 그런 글은 절대로 아름답지 않다. 미문이 아니다. 이제 여러분이 해야 할 일은 글을 정확하게 쓰는 연습이다. 지울수록 의미가 선명해지는 수사들이 있다면 공들여 쓴 표현이라도 과감히 지워야 한다. 걷는 데 방해가 되는 레이스 장식은 과감히 떼 버려라. 글쓰기는 생각쓰기다. 생각과 느낌을 정확하게 옮길 수 있으면, 글은 저절로 아름다워진다.

단어에도 등급이 있다

'해랑 달이랑'보다는 '해님이랑 달님이랑'이 한결 조화롭다. '랑'은 '해'보다는 '해님'과 잘 어울리는 조사다. 어감이 모난 데 없이 둥글고 부드럽다. 앞 단어를 감싸 안는 사랑스러운 말이다. 그러나 진득한 맛이 없어 글에는 어울리지 않는다. 그에 비해 '와/과'는 '랑'보다는 발음하기도 편하고 묵직한 맛이 있어 믿고 쓸 만하다. 특별히 사내아이가 쓰는 말의 질감을 살리고 싶은 게 아니라면, '형제지만 형이랑 저는 성격이 많이 달라요'보다는 '형과 저는 성격이 많이 달라요'라고 쓰는 게 좋다.

'잇따라 되풀이하여'라는 뜻의 '연거푸' 역시 진득한 맛이 없다. 모음 'ㅜ'로 끝나며 길게 이어지는 어감이 '잇따라 되풀이한다'는 의미와 잘 어울리지만 지나치게 가볍다. '연이어'나 '거듭'에 비하면 격이 떨어진다. '술 열 잔을 연거푸 들이켰으니 취할 만도 하지'보다는 '술 열 잔을 연이어 들이켰으니 취할 만도 하지'가 무게감이 있다.

'가짜'의 반대말 '진짜'는 '거짓 없이 참으로'라는 뜻을 더하는 부사로도 쓰인다. '너 진짜 예쁘다'처럼 뒷말이 거짓 없이 참이라는 의미를 더하는 강조 표현이다. '거짓 없이 참으로'보다는 '강조'에 방점이 찍혀 무분별하게 사용하는 부사 가운데 하나다. 요즘엔 '진짜 진짜 좋아한다니까'처럼 겹쳐 쓰기도 하며, '진짜 대박 짜증 나네'처럼 유사한 기능을 하는 은어나 속어 앞에 붙여 뜻을 강조하기도 한다. '진짜'를 워낙 많이 사용해서 그런지 '진짜'가 들어간 문장은 가볍고 속된 느낌마저 준다. '진짜'를 '정말'로 고쳐 쓰면 무게감이 생긴다.

'여러'는 '수효가 한둘이 아니고 많다'는 의미를 더하는 관형사다. 글을 모호하게 만드는 주범 가운데 하나다. 되도록 구체적인 숫자를 언급하는 게 좋고, 모호하다면 '다수'쯤으로 고쳐 쓰는 게 바람직하다. '다수'는 한자어고 '여러'는 순우리말이니 되도록 '여러'를 쓰자고 말하는 필자도 있다. 그러나 '여러 명의 지지를 받은 김 후보'보다는 '다수의 지지를 받은 김 후보'가 좀 더 산뜻하다. 그러면서도 품격을 잃지 않는다.

'훨씬'보다는 '한결'이 부드럽다. '훨씬'이라는 단어를 입안에서 굴려보라. 마지막에 혀끝이 윗니와 윗잇몸을 가볍게 누르면서 소리가 입안에서 맴돈다. 그에 비해 '한결'은 우아하게 공기가 흐른다. '훨씬 부드럽다'보다는 '한결 부드럽다'가 한결 부드럽고, '한결 빡세다'보다는 '훨씬 빡세다'가 훨씬 빡세다.

언어는 세계를 완벽히 재현할 수 없다

"언어는 세계를 완벽히 재현할 수 없다" 언어를 다루는 작가에게 이만큼 잔인한 선언은 없다. 보고, 듣고, 생각하는 많은 것들을 종이 위에 그대로 그려낼 수 없다는 말, 작가는 한계에 부딪힐 수밖에 없다는 말을 들으면 누군가 "넌 구제불능이야"라고 연신 쫑알대는 것만 같아 우울해진다. 문제는 글을 쓰는 지금도 머릿속을 맴도는 이 생각을 쉽게 지워버릴 수 없다는 거다.

국어사전, 유의어사전, 반의어사전을 펼쳐놓고 글을 쓰더라도 생각과 느낌에 들어맞는 표현 하나 찾기 힘들다. 이 글에 쓴 단어들도 보푸라기처럼 신경을 자극한다. 앞의 문장까지 쓰고 글의 첫 문장의 단어 하나를 바꾸고 왔다. "언어는 세상을 완벽히 재현할 수 없다"에서 '세상'을 '세계'로 고치니 문장이 한결 깔끔하고 의미가 분명해졌다. '세계'는 '작품 세계'나 '정신 세계'처럼 대상의 모든 범위를 아우르면서도 '세상'에 비해 발음하기 편해서 좋다.

'세계'라 적고 흐뭇하게 문장을 읽어보니 이제는 '재현'이 거슬린다. 첫 문장에서 '재현(再現)'같은 말을 쓰면 싫어하지나 않을까, 좀 더 감각적인 표현이 없을까 싶어 사전을 뒤적거린다. '재생', '갱생', '신생' 따위가 보이지만 성에 안 찬다. '재현'만 못하다. '담다'는 어떨까. '담다'를 넣어 읽어보니 어감도 좋고 이미지도 잘 떠오른다. "언어는 세계를 담을 만큼 포용력이 크지 않지" 하고 낮게 중얼거리고 보니 마음에 쏙 든다. 그러나 '담다'로 바꾸고 뒷 문장을 읽어보니 어색하다. '담다'와 '선언'이라니. 어느 누가 선언할 때 '담다'같이 부드러운 표현을 쓸까 싶다. 뒤 문장 전체를 바꿔야겠다고 마음먹었다가 때마침 걸려온 전화를 받고 돌아왔다. 고친 문장을 다시 읽어보니 처음 든 생각과 '담다'의 의미가 미묘하게 어긋나는 것 같다. 결국 첫 문장의 '세상'을 '세계'로 고치는 데 한나절이 걸렸다.

옷이 수두룩하게 걸린 옷장인데도 막상 꺼내 입으려면 마땅한 옷이 없는 것처럼, 두꺼운 사전 안에 수십만 개의 단어가 들어 있어도 막상 골라 쓰려면 마땅한 단어가 없다. 생각과 느낌을 정확히 표현하는 단어를 찾아 글을 쓴다는 건 그만큼 힘든 일이다. 옷을 대충 입는 사람들이 옷장 앞에서 고민하는 시간이 적은 것처럼, 글을 대충 쓰는 사람들이 사전 앞에서 고민하는 시간이 적을 뿐이다.

적확한 단어를 찾는 일이 힘든 이유를 작가 고종석은 "언어의 불연속성" 탓이라 말한다. "세계는 연속적이지만 언어는 불연속적이다." 흔히 예로 드는 무지개가 그렇다. 무지개는 스펙트럼이기에 그 빛깔의 수는 한없이 많다. 적어도 빨주노초파남보 일곱 빛깔보다는 다양하다. 다홍색이니 에메랄드 색 따위를 모조리 끌어와 서술한다고 해도 금세 한계에 부딪힌다.

어릴 적 미술 시간에 물감을 섞다 보면 의도치 않게 아름다운 색이 만들어질 때가 있다. 신이 나서 색칠하다가 물감이 부족해 다시 만들면 막상 그 색이 아니다. 파란색이 부족한가 싶어 더 넣으면 푸른빛이 너무 강하고, 흰색이 부족한가 싶어 넣으면 너무 옅다. 그렇게 양조절에 실패하다 보면 이미 또 무슨 색인지 알 수 없는 물감으로 팔레트가 그득하다. 마음에 꼭 맞는 단어를 찾아 쓰는 일은 아까 만든 '그 색'을 다시 만드는 일처럼 어렵다.

특히 선과 악, 미와 추, 겸손함과 오만함, 성실함과 나태함. 그 경계에 있는 무수히 많은 성질이나 특성을 사전에 있는 단어로 설명하는 건 역부족이다. 나에게 다정다감한 친구 하나는 주변 사람들을 까칠하게 대한다. 빈정대거나 욕도 한다. 이 친구는 착한 걸까 나쁜 걸까. '착하다'와 '나쁘다' 사이에 걸친 수많은 행동들을 그저 '착하다' 혹은 '나쁘다'로 말할 수밖에 없을 때 작가들은 절박해진다.

언어의 감옥에서 글을 쓰는 사람들이 할 수 있는 일이란 결국 보고, 듣고, 느끼고, 생각한 것들을 최대한 가깝게, 최대한 정확하게 쓰려고 노력하는 것뿐이다. '최대한'은 얼마만큼 '최대'인 걸까. 그 생각만으로도 막막해지지만, 결국 성실하게 쓰는 것 말고는 별다른 방법이 없다.

끝내 사랑이라 부르지 않는다

툭 웃음이 터지면 그건 너
쿵 내려앉으면은 그건 너
축 머금고 있다면 그건 너
둥 울림이 생긴다면 그건 너

그대를 보며
나는 더운 숨을 쉬어요
아픈 기분이 드는 건
그 때문이겠죠

나를 알아주지 않으셔도 돼요
찾아오지 않으셔도
다만 꺼지지 않는 작은 불빛이
여기 반짝 살아있어요
영영 살아있어요

눈을 떼지 못 해

하루 종일 눈이 시려요
슬픈 기분이 드는 건
그 때문이겠죠

제게 대답하지 않으셔도 돼요
달래주지 않으셔도
다만 꺼지지 않는 작은 불빛이
여기 반짝 살아있어요

세상 모든 게 죽고 새로 태어나
다시 늙어갈 때에도
감히 이 마음만은 주름도 없이
여기 반짝 살아있어요
영영 살아있어요
영영 살아있어요

아이유의 〈마음〉이다. 감각적이고 세련됐지만 경박하지 않다. 나른하면서 상쾌하고, 구슬프면서도 희망적인 서정 가요다. 사랑에 조바심 내지 않기, 부풀어 오르는 마음에 짓눌리지 않기. 성현도 쉽게 깨닫지 못한 사랑의 지혜를 소녀는 이미 알고 있다. 그 지혜 역시 사랑이, 그리고 마음이 가르쳐 줬을 테다.

유학에서는 사람의 기본적인 감정으로 '희로애락 애오욕' 일곱 가지를 꼽는다. 기쁨·노여움·슬픔·즐거움·사랑·미움·욕심이 그것이다.

툭 웃음이 터지면 그건 너

희(喜). 첫 소절은 기쁨이다. 꽃망울이 툭 터지듯 웃음이 툭 터지며 소녀는 사랑에 빠진다.

쿵 내려앉으면은 그건 너

노(怒). 수없이 망설이다 용기 내지만 대수롭지 않은 듯 뿌리치는 손길에 마음이 푹 꺼진다. 무심하고 성의 없는 몸짓에 화가 나지만 사랑을 그칠 재간이 없다.

축 머금고 있다면 그건 너

애(哀). 소녀는 결국 울고 만다. 눈물을 머금고 떨어뜨리지 않으려 꾹 참아보지만 결국 흘러내리는 눈물을 털어내지는 못할 것이다. 눈물의 질량은 늘 마음의 무게에 비례하는 법이다.

둥 울림이 생긴다면 그건 너

락(樂). 무심한 눈길에 마음이 상해 눈물을 흘리지만 소년의 말 한마디나 몸짓 하나에 희망의 울림이 퍼진다. 우연한 접촉이나 무심코 던진 말에 의미를 부여하며 '혹시나 소년도 날 좋아하고 있는 건 아닌지' 부풀며 뒤척인다.

툭 웃음이 터지면 그건 너
쿵 내려앉으면은 그건 너
축 머금고 있다면 그건 너
둥 울림이 생긴다면 그건 너

– 아이유 〈마음〉

네 소절에는 소녀의 희로애락이 모두 담겨 있다. 그 감정은 모두 소년에게 비롯해 소년을 향한다. 소녀에게 소년이 전부라고 번거롭게 말할 이유가 없다. 소녀에게 이미 소년은, 우주다.

'아픈 기분이 드는 건 더운 숨을 쉬었기 때문이다. 슬픈 기분이 드는 건 눈이 시리기 때문이다.' 소녀는 소년의 사랑을 갈구하고 욕망하지만 소년의 사랑은 마른 마음을 쉽게 적셔 주지 않는다. 소녀가 상처받는 이유는 채워지지 않은 사랑의 욕심이 마음을 날카롭게 찌르기 때문이다. 욕심 없는 사랑은 없다. 뜨겁게 욕망할 때에야 뜨겁게 사랑할 수 있다.

소녀는 소년의 대답을 바라지 않는다. 사랑해 달라고 매달리지도 않는다. 사랑하며 기다리기. 누구보다 오래 사랑하기. 모든 걸 태우는 불꽃이 아니라, 주변을 밝히는 불빛처럼 사랑하기. 소녀가 선택한 길은 진정으로 누군가를 사랑하는 이만이 갈 수 있는 길이다.

끝내 칠정 가운데 미움(惡)만 빠졌다. 가슴 졸이고 숨죽여 울면서도 끝내 미워할 수 없는 마음. 우리는 그 마음을 사랑이라 부른다.

아이유는 '사랑'이라 부르지 않고 '마음'이라 불렀다. '마음'을 '사랑'이라 부르는 건 듣는 이의 몫으로 남겨 놓았다. 내가 아이유를 아티스트라 부르는 건 그녀가 '사랑'이라는 단어를 한 번도 쓰지 않고 사랑을 읊조릴 줄 알기 때문이다. 구체적이고 생생한 단어를 쓰면서도 '눈물'조차 직접적이었는지 '축 머금고 있다'라고 노래했다. 언어는 이래야 한다. 가장 섬세한 구체적인 것으로 가장 내밀한 일반적인 것을 보여줘야 한다.

'이/가'와 '은/는'

주어 뒤에 '이/가'를 써야 하나 '은/는'을 써야 하나. 이는 작가에게 꽤나 심각한 문제다.

가난한 내가
아름다운 나타샤를 사랑해서
오늘밤은 푹푹 눈이나린다

나타샤를 사랑은하고
눈은 푹푹 날리고
나는 혼자 쓸쓸히 앉어 소주를 마신다
소주를 마시며 생각한다
나타샤와 나는
눈이 푹푹 쌓이는밤 힌당나귀타고
산골로가쟈 출출이 우는 깊은산골로가 마가리에 살쟈

눈은 푹푹 나리고
나는 나타샤를 생각하고

나타샤가 아니올리 없다

언제벌서 내속에 고조곤히와 이야기한다

산골로 가는것은 세상한데 지는것이아니다

세상같은건 더러워 버리는것이다

눈은 푹푹 나리고

아름다운 나타샤는 나를 사랑하고

어데서 힌당나귀도 오늘밤이 좋아서 응앙 응앙 울 것이다.

— 백석 「나와 나타샤와 힌당나귀」

'은/는'이 정서를 반영한다면, '이/가'는 사실을 진술한다. 백석의 「나와 나타샤와 흰 당나귀」에서 화자는 깊은 산골로 함께 떠날 사랑하는 여인 나타샤를 기다린다. 혼자 술을 마시며 나타샤를 기다리고, 눈이 내린다. 단순한 사실의 진술이 진한 여운을 남긴다.

화자는 왜 자신을 '가난한 나'라고 말하는가. 본인의 가난을 의식하며 소주를 마시는 한 남자의 담담한 진술만으로도 혹시 나타샤가 오지 않는 건 아닌지 불안하기만 하다. 이 남자는 언제부터 나타샤를 기다리고 있었을까, 나타샤가 오기로 약속한 날은 혹시 어제가 아니었을까, 이 기다림은 언제 끝날까. 시를 곱씹어 읽을수록 여러 가지 상념들이 배어나온다. 문장의 질감은 가볍고 산뜻하지만, 진술자의 마음이 얼마나 무거울지 가늠하기 힘들다.

오기로 한 여인은 아직 오지 않고, 나는 나의 가난을 의식하며 하염없이 소주를 마신다. 그리고 눈이 내린다. 밟으면 푹푹 파일 만큼. 그토록 절망적인 상황에서 사내는 나타샤가 오지 않는 게 자신의 가난 탓은 아닌지, 나타샤와의 산골행이 못난 자신의 도피 행위가 아닌지 생각해 본다. 그런 화자가 '은/는'이 아니라 '이/가'로 읊조린다는 건 그만큼 감정을 충실하게 절제하고 있음을 입증한다. 만약 이 시의 첫 연이 '가난한 나는 / 아름다운 나타샤를 사랑하고 / 오늘밤엔 푹푹 눈이나린다'였다면 시인은 슬픔에 푹 젖어 대저택에 누구도 들이지 않는 노인처럼 독자들을 밀어냈을 것이다. 이 시는 몇 행만으로도 조사 운용이 글쓰기의 핵심임을 증언한다.

"걔가 네 말은 듣잖아"에서 '네 말'은 목적어다. '은/는'이 주격 조사라면 목적어의 조사 자리에 올 수 없다. 즉 많은 이들이 주격 조사로 흔히 오해하는 '은/는'은 보조사다. 여기서 보조사 '은/는'은 '걔가 내 말은 안 들어도 네 말은 듣는다'는 의미를 더해 준다. 주격 조사 '이/가'와 달리 특별한 뜻을 보태 의미를 섬세하게 만든다.

특히 '이/가'와 '은/는'은 복문에서 분명한 차이를 보이기도 한다. 가령 '사람이 죽는다는 건 가슴 아픈 일이다'라는 문장을 살펴보자. 앞 문장의 조사 '이'를 '은'으로 바꾸면 문장이 어색해진다. 그건 '이/가'가 '은/는'에 비해 바로 뒤의 서술어와 연관성이 좀 더 높기 때문이다. 종속절의 서술어 '죽는다'에 대응하는 주격 조사로는 '이/가'가 훨씬 자연스럽다. 반면 '은/는'은 문장 전체의 서술어와 호응하며, 문장의 중심 화제와 어울린다.

영혼 없는 언어들이 종이 위를 떠돈다

'영혼 없다'는 진심이 묻어나지 않는 반응을 나무랄 때 흔히 찾는 시쳇말이다. '영혼 없다'는 말을 자주 듣는 후배가 하나 있다. 키도 훤칠하고 용모도 준수한 이 후배는 마음씨가 착해 상대에게 상처 주는 말을 잘 못한다. 재미없는 이야기나 시답잖은 말장난에도 그저 웃는다. 그래서인지 영혼 없는 리액션이 잦다. 양손 엄지를 올리고 '쪼아'에 가깝게 "좋아"라고 말하거나 미소를 지으며 "괜찮은데"라고 말하는데, 영 신통치 않다.

영혼 없는 말이 어조와 표현에 의해 결정된다면, 영혼 없는 글은 어휘나 표현에 따라 결정된다. 지나치게 상투적이거나 감상적인 말들이 글을 영혼 없어 보이게 만든다. 특히 여행기에 자주 등장하는 표현들이 그렇다. 줄지어 선 플라타너스 나무들은 여행자들을 새로운 세계로 이끌고, 구름은 마을을 포근히 감싸 안는다. 몸은 젖은 솜처럼 무거우며, 기억은 주마등처럼 스쳐 지나가고, 봉우리는 등산객에게 손짓한다. '작은 점처럼 보이는 자동차', '석양에 물든 하늘', '둥지를 튼 마을' 같은 말들이 빠지지 않는다.

해변 정경을 묘사하며 '바닷가 곳곳에 바윗돌이 널려 있었다'라거나 '갈매기가 흰 선처럼 푸른 하늘에 마구 그어져 있었다'고 적기도 한다. 바다에는 늘 파도가 치고, 조개는 반짝이며, 바위가 널려 있고, 갈매기가 날아다닌다. 책상에서 바다를 떠올리더라도 알 수 있는 정보들은 바다를 그리는 데 별다른 도움이 안 된다. 직접 체험해야만 알 수 있는 정보, 남들이 지치도록 묘사한 것을 조금이라도 새롭게 표현한 문장만이 글에 생기를 북돋는다.

남동생과 함께 문턱에 앉아 더위를 피하던 여자 아이는 캐러멜도, 초콜릿도 없는 아저씨에겐 관심도 없다는 듯 고개를 획 돌려버린다. 눈길조차 마주치기 싫다는 눈치다. 군것질거리가 귀한 곳을 여행할 때 여행자들은 하다못해 목캔디 한 봉지라도 꼭 사가야 한다. 그렇지 않으면 아랫입술로 윗입술을 덮으며 서운한 기색을 노골적으로 드러내는 아이들에게 야박한 아저씨로 구박받을 수밖에 없다.

여행객들은 아이만 봤다 하면 '초롱초롱한 눈망울'이나 '때 묻지 않은 미소'다. 마치 그 표현을 적으려고 아이를 찾아다닌 것처럼 그렇게들 끄적인다. 그러나 여행객들이 본 것은 아이가 아니라 '그 아이'여야 한다. 고유한 경험이나 감상이 없다면 글은 말잔치가 된다. 그렇게 영혼 없이 글을 쓰면 독자들은 혼이 쏙 빠진다.

이 글에는 '눈망울'도 '미소'도 없다. 다만 아이의 '표정'과 '몸짓'이 있다. 멀찌감치 물러서서 아이를 본 여행객들은 절대로 쓸 수 없는 글이다. "만약 당신의 사진이 만족스럽지 않다면 그것은 충분히 가까이 가지 않았기 때문이다" 종군 사진 기자 로버트 카파의 말이다. 글에 대해서라면 내 생각은 이렇다. "만약 당신의 글이 만족스럽지 않다면 그것은 충분히 다가가 관찰하지 않았기 때문이다"

작가는 독자와 동행해야 한다. 턱을 괴고 졸고 있는 독자들을 일으켜 세워 팔짱을 끼고 걸어야 한다. '재미있는', '흥미로운', '낭만적인' 따위의 말들로 생각이나 느낌을 부어 넣는 건 작가들의 방식이 아니다. 그들은 그저 재미있게 그리고, 흥미롭게 전달하며, 낭만적으로 묘사한다. 생각과 느낌을 전달하는 주관적인 말들로 독자들을 소외시키지 않는다.

생각하고 느낀 것들을, 생각하고 느낀 대로, 생각하고 느끼도록 묘사하자. 글은 '몸으로 말해요'가 아니라 '이인삼각 달리기'다. 어설프게 설명하지 말고 그저 같이 걷고, 함께 뛰어라.

12분에 50개의 핫도그를 먹으며 세계 핫도그 먹기 콘테스트에서 우승할 당시 고바야시 다케루의 몸무게는 50kg이 조금 넘었다. 몸무게가 150kg에 육박하는 경쟁자들 사이에서 고바야시가 우승할 거라고는 누구도 예상하지 못했다. 그러나 더욱 놀라운 사실은 기존의 세계기록이 25와 1/8개였다는 점이다. 고바야시는 세계 최고 기록을 배로 늘려 놓은 것이다.

대회에 나가 우승하기 전까지 고바야시는 전혀 대식가가 아니었다. 식사 때마다 그릇을 깨끗하게 비우곤 했지만 남들만큼 먹었고, 먹기 대회에 출전해 우승하기 전까지는 자기가 누구보다 빨리, 그리고 많이 먹을 수 있을 거라고는 생각조차 못했다.

그런 고바야시가 남들보다 많은 핫도그를 먹을 수 있었던 이유는 문제를 재규정했기 때문이다. 고바야시는 먹기 경쟁을 일상적인 식사와는 다른 행위, 즉 스포츠라 여겼다. 12분 내에 보다 많은 핫도그를 먹는 시합에서 평상시 식사량은 중요하지 않다고 판단했다. 고바야시는 핫도그를 빨리 그리고 많이 먹는 전략에만 집중했고, 세계 핫도그 먹기 콘테스트에서 6년 연속 우승했다.

이상은 스티븐 레빗의 『괴짜처럼 생각하라』에서 발췌한 내용을 요약한 것이다. 난데없는 핫도그 이야기라고 흘려버리지 말자. 내가 아는 한 고바야시 다케루의 이야기는 글쓰기 훈련의 전부다.

논술이나 작문 시험이 한 달 앞으로 다가오면 학생들은 '평소 책 좀 읽을 걸' 하고 후회한다. 시험을 준비한답시고 헤밍웨이나 쿤데라의 바짓가랑이를 붙잡고 늘어지기도 한다. 그러나 그들은 당신에게 해 줄 말이 없다. 명심하자. 논술이나 작문 시험을 준비하면서 당신이 해야 할 일은 평상시 식사량을 늘리는 것이 아니라 12분에 더 많은 핫도그를 먹는 훈련이다. 쓰지 않던 일기를 쓴다거나, 고전을 읽으며 머리를 쥐어뜯는다고 논술이나 작문 실력은 결코 늘지 않는다.

생각해 보자. 당신의 경쟁자는 독서광이다. 판타지 소설을 주로 읽지만 철학책도 읽고, 시집도 읽는다. 그렇게 책을 읽어대는 그들의 논술·작문 실력은 대체 어느 정도일까. 내가 아는 한 독서광들의 논술·작문 실력은 대체로 형편없다. 그들 역시 불필요한 중복 표현으로 글을 길게 늘여 쓰고, 의미를 모르고 쓴 부정확한 전문 용어로 글을 망가뜨린다. 즉 당신의 경쟁자들은 그저 당신보다 덩치가 큰 '아마추어'일 뿐이다. 그러니 지레 겁먹고 당신의 앞자리를 양보하지 마라.

글쓰기 시험을 목전에 두고 당신이 해야 할 일은 당신이 써야 할 글과 가장 비슷하면서도 이상적인 글을 찾아 반복해 읽는 것이다. 가령 당장 인터뷰 기사를 써야 한다면 당신은 김혜리 기자의 기사를 몇 편 구해 읽고 분석해야 한다. 이번 주 안으로 인터뷰 기사를 써야 하는데 '인터뷰 작성법'을 찾아 읽는 건, 국어 시험을 앞두고 사고력과 분석력을 키우겠다며 논리학 책을 읽는 것과 같다. 무모하고 허튼 짓이다.

반복해 읽으면서 당신은 조사의 운용에 집중해 읽거나, 감각적인 표현에 밑줄을 치며 읽거나, 주로 쓰는 어휘를 골라가며 읽어야 한다. 즉 반복해 읽되 다르게 읽어야 한다. 이 말은 전략적으로 읽어야 한다는 말과도 같다. 그렇게 읽다보면 곧 써야 할 문장이 그간 읽은 문장을 닮아가는 동화 같은 일이 일어난다. 그렇게 문장을 믿자. 어떤 이들이 동화를 믿는 것처럼.

흐느껴 우는 눈물이 더 짜다

"수더분한 학생일수록 글을 더디게 배운다." 반박할 여지가 많은 지라 눈치 살펴가며 농치듯 내뱉는 말 가운데 하나다.

깐깐함과 까칠함은 좀 더 좋은 것을 가려 뽑는 데 반드시 필요한 자질이다. 까다로운 손님일수록 옷감의 재질과 가격, 디자인이나 색감 따위를 집요하게 따져보고 옷을 산다. 그렇게 산 옷이라야 카드를 긁은 후에도 후회가 남지 않는다. 글쓰기도 마찬가지다. 옷 가게에 들이닥친 까다로운 손님처럼 글을 써야 후회를 남기지 않고 글을 쓸 수 있다. 단어 하나를 쓰더라도 의미를 확인해 보고, 혀로 굴려가며 어감을 따져 봐야 좋은 글이 나온다.

'예를 들어', '이를테면', '예컨대' 따위의 표현이 많지만 나는 '가령'을 선호한다. '가령'은 효율적이고 어감이 좋은 표현이다. 다른 단어들에 비해 짧고 효과적이면서도 뒤 문장을 감싸 안는 듯한 'ㅇ' 받침의 울림이 좋다. 나에겐 '예를 들어', '이를테면', '예컨대'보다 '가령'이 더 정확한 말이다.

'쓸쓸하다'는 단어를 읽으면 잇사이로 소슬바람이 분다. '외롭다', '고독하다', '고적하다', '적막하다' 따위가 상황을 규정하고 진단한다면, '쓸쓸하다'는 풍경을 그린다. 이 말에는 추수가 끝난 늦가을

들판이 펼쳐져 있다. 넓고 깊은 말이다. 특히 '쓸쓸하다'는 말은 '날씨가 으스스하고 음산하다'는 뜻을 담고 있어 감각적이기까지 하다. 특별한 경우가 아니라면 '쓸쓸하다' 대신에 '외롭다', '고독하다', '고적하다', '적막하다'를 쓸 이유가 없다.

'심드렁하다'는 '무심하고', '무관심한' 태도로 일관하는 사람을 정확히 묘사하는 말이다. 이 말을 '무심하게 바라본다', '무관심한 태도로 일관하다'로 고치면 글이 축 늘어지고 문장은 볼품없어진다. 특히 '심드렁하다'에는 '흥미가 없는' 태도 말고도 '무료하고', '나른하고', '권태로운' 일상이 담겨 있다. 복합적이고 중층적인 말이다.

새벽이슬에 푹 젖어 날 만나러 온 연인을 보면 그토록 '애틋할' 수가 없다. 눅눅해진 옷을 감싸 안고 온 감각을 그에게 집중하면 머리카락이 쓸리는 소리도, 옷자락이 사각대는 소리도 애틋하다. '고맙다', '예쁘다', '사랑스럽다' 따위로는 그 마음을 표현할 길이 없다. 그저 '애틋하다'여야 한다.

눈물은 소리 없이 울어야 슬프다. '대성통곡하다', '호곡하다', '부르짖다' 따위가 많지만 나는 슬플수록 소리 없이 울게 한다. 홀로 딸을 키우던 한 여인이 지하철 화재 사건으로 딸을 잃었을 때, 눈물조차 말라 가슴을 치며 울부짖던 모습을 기억하기 때문이다. 내겐 소리 높여 우는 눈물보다는 '흐느껴 울고', '소리 죽여 울고', '꺽꺽 우는' 눈물이 더 짜다.

작가들은 각자만의 사전을 가지고 있다. 믿고 사용할 만한 어휘만을 골라 넣은 사전이다. 그 사전에 적힌 뜻풀이는 주관적이고, 감각적이지만, 충분히 납득할 만하다. 작가의 경험과 취향, 가치관 따위가 녹아 있기 때문이다. 글을 읽고 나면 쓴 사람이 보이는 글쓰기, '인간미'와 '온기'를 갖춘 글쓰기는 어휘를 신중히 선택하는 것에서부터 시작한다.

‘사기템’ 교수와 ‘ㄴㅈ ㅇㅈ’

요즘 학생들, 별걸 다 줄여 쓴다. 아이러니하게도 ‘별걸 다 줄여’ 마저도 ‘별다줄’로 줄여 쓴다. 하루는 후배와 카카오톡을 하다가 새로 오셨다는 주간교수님 학과를 물었더니 “사기템이요!”하고 답장이 왔다. 갑자기 왠 ‘사기템’이지 싶어 한동안 답장도 못하고 멍하니 액정만 봤다. 질문도 곱씹어 읽고 문맥도 살펴봤지만 ‘사기템(성능이 좋다 못해 사기적인 아이템)’이라는 단어가 나올 만한 상황은 아니었다. 그러다 불현듯 ‘사회기반시스템공학부’가 떠올랐다. ‘비번(비밀번호)’, ‘넘사벽(넘을 수 없는 사차원의 벽)’, ‘완소(완전 소중)’까지는 가볍게 따라간 나도 ‘버카충(버스 카드 충전)’ 앞에서는 고개를 돌릴 수밖에 없었는데, ‘사기템’쯤 되면 따라갈 재간이 없다.

요즘 줄임말, 여간내기가 아니다. 20대의 끝자락을 꽉 잡고 놓치지 않으려 애쓰는 내게도 줄임말은 쉽지가 않다. 그나마 학보사 활동을 오래 한 내가 이 정도니 학생들과 교류가 거의 없는 어른들에겐 줄임말이 외국어만큼 낯설 테다.

그러나 고백하건대, 줄임말이 좋다. 한 단어가 유머러스하면서도 효율적이기 쉽지 않은데, 줄임말은 한 단어가 동시에 갖추기 힘든 미덕을 두루 갖췄다. ‘볼매(볼수록 매력 있다)’, ‘득템(우연한 기회에 얻게 된 좋은 물건)' 같은 표현은 인간미와 온기를 갖춘 젊은 언어다. '썸'쯤 되면 어감도 좋고 사랑스러워 '노곤하다', '고즈넉하다'와 더불어 가장 좋아하는 우리말 목록에 추가하고 싶을 정도다.

'심쿵'은 어떤가. 이미 방송에도 거침없이 드나드는 심쿵(심장이 쿵쾅쿵쾅)은 대체 불가 단어다. 뜻밖의 순간에 이성으로 다가오는 훤칠한 남자를 본 여자의 마음을 '심쿵'만큼 짧고 산뜻하게 표현하는 단어도 없다. 우리말을 유달리 사랑하는 방송작가가 심쿵을 순화한다고 '심장이 두근두근', '심장이 쿵쾅쿵쾅'이라고 바꿔 표현하면 '심쿵'의 발랄함을 잃게 된다.

줄임말이라고 모두 반가운 건 아니다. 특히 초성만으로 된 줄임말은 말쑥한 멋이 없다. 'ㅇㅇ(응응)', 'ㅋㅋ(키키)', 'ㅎㅎ(히히)'쯤은 경제적인 의사표현이라며 좋게 봐야지 싶다가도 달랑 'ㅇㅇ'만 적힌 카카오톡 메시지가 눈에 거슬리는 건 어쩔 수 없다. 특히 'ㅇㅈ(인정)', 'ㄴㅈ(노잼)', 'ㅇㄱㄹㅇㅂㅂㅂㄱ(이거 레알 반박 불가)', 'ㄱㅇㄷ(개이득)' 같은 말들은 어감도 좋지 않을뿐더러 비효율적인 언어들이다.

초성 줄임말은 문자보다는 부호에 가깝다. 초성만으로는 의미나 소리를 표현할 수 없어 사용 빈도가 늘어나면 의사소통에 큰 장애가 된다. 이미 'ㄴㅈ ㅇㅈ'은 '노잼 인정?'으로도 쓰지만 '남자 여자'로도 사용하면서 줄임말을 쓰는 사람들조차 그 의미를 문맥 없이는 알 수 없게 됐다. 특히 초성 줄임말은 사용하는 사람들에겐 익살스럽고 경제적인 표현일지 몰라도 일상생활에서 사용하기에는 지극히 비효율적이다. 쓰는 사람의 1초를 줄이고자 읽는 사람들의 1분을 쓰게 만든다.

줄임말은 하위문화에 속한다. 이미 대중매체에서도 '심쿵' 같은 말들을 거침없이 사용하기는 하지만 기안을 작성한다거나 논술 답안을 쓸 때에는 줄임말을 써선 안 된다. 여전히 많은 사람들이 줄임말을 넣은 글을 수준이 낮다고 평가하거나 신뢰하지 못하기 때문이다. 이를 기성세대의 '꼰대질'이라 폄훼할 이유도 없다. 새로운 언어는 기존 언어 사용자들의 저항을 받기 마련이며, 그 속에서 살아남은 말들이 언어를 풍요롭게 만들기 때문이다.

관용구는…

관용구는 상투어다. 언어생활 전반을 지배하는 강력한 힘을 쥐고 있다. 우리는 '동맹을 맺다' 대신 '손을 잡다'라고 적고, '아는 사람이 많다' 대신 '발이 넓다'라고 쓴다. '손'과 '동맹', '발'과 '인맥' 두 단어의 관계는 뚜렷하지 않지만, 누구도 '발이 넓다'를 단어의 의미만으로 이해하지는 않는다.

관용구는 클래식하다. 한 시기의 가장 모던한 표현이 시간이 지나 낡고 진부한 표현으로 밀려나면 관용구가 된다. 흥망성쇠의 굴곡을 담은 말들, 한물 간 구식이지만 잊히기를 거부한 말들. 관용구를 보면 그 억센 생명력에 '기가 찰' 때가 있다. '시치미를 떼다'만 봐도 그렇다. 시치미는 사냥용 매의 발목에 다는 이름표다. '시치미를 떼다'는 남의 매 발목에 달린 시치미를 떼고 자기 매인 것처럼 위장하는 소행을 이르는 말이었다. 한때는 참신한 비유로 각광받았을 이 표현은 이제는 그저 관용구다. '시치미'라는 단어조차 쓰이지 않는 도시에, '시치미를 떼다'만 유적처럼 남아 있다.

관용구는 포식자다. 생각이나 느낌을 표현하는 다양한 말들을 모조리 잡아먹는다. '협력하다', '동조하다', '거들다' 사이에서 고민하기를 포기한 필자들은 '손을 잡다'라고 쓰고 마침표를 찍는다. 미묘한 어감과 의미 차를 짓뭉개는 관용구의 과격함은 그 표현이 더 이상 참신하지 않기에 좀 더 극성맞다. 그렇기에 관용구를 능숙하게 사용할 수 있게 됐을 때 여러분이 해야 할 최우선의 훈련은 관용구의 사용을 자제하는 일이다. 관용구를 써도 무방한 자리에 참신한 표현을 새겨 넣는 일이다.

관용구는 글쓰기의 적이다. 그 이유는 역설적으로 관용구가 매력적이기 때문이다. 관용구는 놀랍게도 감각적이면서도 보편적이고, 적확하면서도 일반적이다. 한 언어가 동시에 갖추기 힘든 성질을 두루 갖췄다. 그렇기에 현명한 작가라면 관용구를 일찍 떠올리고 늦게 쓸 줄 알아야 한다. '시치미를 떼다'를 만지작거리면서도 문장이 도저히 안 풀릴 때 불현듯 생각난 것처럼 관용구를 넣어야 한다.

관용구는 한 언어의 원로들이다. 여러분들은 경험 많은 그들의 말에 귀 기울이면서도 흔들리지 말아야 한다. 걸출한 신예들을 끊임없이 뽑아 써라. 새 나라를 건설하려는 군왕은 원로들을 멀리하고 신진 세력에 힘을 실어주는 법이다. 참신한 글을 쓰려는 작가 역시 새로운 단어와 표현을 크게 쓸 줄 알아야 한다.

단호함은 글쓰기의 미덕이다

"그래도 너는 착한 편인 것 같아" 칭찬일 텐데 듣는 사람은 개운치가 않다. 이유가 뭘까. 우선 '만족스럽지 않다'는 의미를 더하는 '그래도'가 붙었다. 이왕 칭찬할 거 시원하게 해주지 싶지만 아직까진 괜찮다. 곱씹어 보니 불확실한 단정과 이어지는 '것 같아'도 맘에 걸린다. 기분이 묘하다. 한 번 더 새김질해 보니 이제는 '편'까지 신경을 긁는다. '대체로 어떤 부류에 속한다'는 '편'을 꼭 써야 했을까. 읽으면 읽을수록 마음이 언짢아진다. 욕이라면 터놓고 이야기라도 해볼 텐데, 미적지근한 칭찬이라 따지고 들기도 뭐하다.

보고 듣고 느끼고 생각한 것들을 말할 때 쓰는 자잘한 수식어들, '조금', '약간', '얼마간', '제법', '꽤' 등은 가지치기해야 한다. '조금 혼란스럽다'거나 '얼마간 피곤하다'거나 '다소 화가 났다'고 쓰지 말자. 이 말들은 '약간 임신한 것 같다'는 말처럼 한심스럽다. 그저 '혼란스럽다', '피곤하다', '화가 났다'로도 충분하다. 주저하는 인상을 주는 자잘한 수식어들은 글을 답답하게 만든다.

말끝을 흐리는 표현들, '~라고 볼 수 있다'나 '~라고 말할 수 있다', '~인 것 같다' 역시 되도록 쓰지 말자. 이 말들은 머뭇거리고 주저한다. "이제까지의 모든 사회의 역사는 계급투쟁의 역사다." 앞 문장은 '이제까지의 모든 사회의 역사는 계급투쟁의 역사라고 볼 수 있다'나 '약간의 비약을 허락한다면 이제까지의 모든 사회의 역사는 계급투쟁의 역사라고 말할 수 있다'가 아니었기에 불멸의 선언으로 남았다. 잊지 말자. 좋은 글은 간결하고 분명하다.

"아무튼 베일 각오 없이 벨 생각은 마" 검을 들고도 파고들지 못하던 내게 선배는 그렇게 조언하곤 했는데, 이 말은 내가 지금껏 들은 조언 중에 가장 과격한 것이었다. 그러나 '미숙', '미달', '부족', '빈약', '소홀', '엉망' 따위의 말들로 누군가의 글을 비판해야 할 때 그 말은 가장 훌륭한 조언이 되어주었다. 명심하자. 베이지 않도록 얕은꾀를 쓰면 무엇도 벨 수 없다.

타오르는 말과 차오르는 말

묘사는 '타오르는 말'과 '차오르는 말' 중에 하나를 쓴다. 여러분의 글에서 사람들이 항상 '조곤조곤' 이야기를 나누고, 해는 '뉘엿뉘엿' 지며, 유채꽃은 '흐드러지게' 피어 '넘실댄다'면 여러분은 '타오르는 말'로 글을 쓰고 있는 것이다. 늘 호수를 '반짝반짝' 빛나게 하지 마라. 늘 옷을 '주섬주섬' 꺼내 입지 말고, 언제나 사람들을 '화들짝' 놀라게 하지 마라. 이 말들은 밤하늘에 쏘아 올린 불꽃처럼 잠깐 빛을 내다가 금세 사라진다. 날 단어의 아름다움에 반해 쓰는 이 말들의 효과는 그만큼 일시적이다.

반면 '차오르는 말'은 욕조에 받아 놓는 물처럼 점차 차오른다. 타오르는 말과 다르게 차오르는 말은 한 문장에서 다음 문장으로 의미를 전달한다. '작가와 작품은 샴쌍둥이다'에서 '샴쌍둥이'라는 말이 그렇다. '떼려야 뗄 수 없는 관계'라는 말을 '샴쌍둥이'라는 말로 바꾸면 의미를 감각적으로 전달하면서도, 부연 문장에서 앞 문장을 풀이하면서 논리를 자연스럽게 보강할 수 있다.

글을 꾸미더라도 타오르는 말로 꾸미지는 말자. '장밋빛으로 붉게 물든 도시가 눈부시게 아름답다'는 문장은 많은 것을 전달하는 듯하지만 사실 아무것도 말하지 않는다. '도시가 아름답다'를 그저 길게 늘여 쓴 문장이다. 이 문장으로 추측할 수 있는 정보는 도시를 묘사한다는 점과 도시가 제법 아름다운 편이라는 흐릿한 인상뿐이다. 이 문장이 서두에 박히면 글이 시든다. 첫 문장이 볼품없이 화려하기만 하니 이어지는 문장에 쓸 말이 없어지고, 부연 문장이 빈약하니 마무리가 공허해진다.

'안개는 그 읍의 명물이다'는 어떤가. 우선 낱 단어가 반짝이지는 않는다. '명물'과 '장밋빛', '물들다', '눈부시다'를 비교해 보면 그 차이를 명확히 알 수 있다. 그러나 기능적인 이 말들은 미사여구가 할 수 없는 일을 한다. 즉 의미를 구축하고 전달한다. 타오르는 말이 식탁보나 모빌 같은 소품이라면 차오르는 말은 공들여 깎은 나사나 볼트 같은 것들이다. '안개는 그 읍의 명물이다'를 첫 문장으로 쓰면 부연 문장에서는 '그 읍의 안개가 얼마만큼 짙은지', '그 읍의 주민들은 안개를 어떻게 생각하는지', '그 읍의 주민들의 삶과 짙은 안개는 어떤 연관성을 맺는지'를 자연스럽게 풀어낼 수 있다. 즉 '명물'이라는 단어가 뒤의 문장들을 이끌고, 지탱하고, 보강한다. 그러므로 차오르는 말을 미사여구라고 오해하고 삭제하면 낱 문장들이 겉돌고 문장의 의미가 어긋난다.

장인의 절제된 손놀림은 효율적이면서도 우아하다. 찰나의 머뭇거림조차 허락하지 않은 지극히 기능적인 동작이지만 놀랍도록 아름답다. 작가의 언어 역시 그래야 한다. 차오르는 말로 쓴 글은 기능과 효율을 최우선으로 삼은 글이지만 놀랍게도 '논리적으로 아름답다.'

접속부사 이야기

독자들을 배려하지 않는 무심함이 좋은 글을 쓰는 자질이 되기도 한다. 바로 '접속부사' 이야기다. 문장과 문장을 이을 때 쓰는 '그러나·그런데·그리고·그래서' 따위가 접속부사다.

'나는 아이유를 좋아한다. 그래서 아이유의 노래는 모두 다운받았다. 그리고 그 노래들은 지친 내게 삶은 여전히 아름답다고 속삭인다' 강조한 부분처럼 모든 문장 앞에 접속부사를 넣어 문장을 연결하는 필자들이 의외로 많다. 지워야 한다고 가르쳐도 쉽게 빼지 않는다. 착해서 그렇다. 많은 필자들이 읽는 이가 헤맬 것 같아 모든 문장 앞에 접속부사를 넣고서야 글을 마무리한다. 그러나 지나친 환대가 손님을 내쫓는 것처럼 지나친 배려는 독자를 지치게 한다.

영화 장면을 떠올려 보자. 한 남자가 짝사랑하던 여자에게 고백하러 간다. 남자는 중요한 날에만 입는 옷을 꺼내 걸치고, 유리창에 비친 실루엣을 보며 옷매무새를 가다듬기도 한다. 그러다 가는 길에 꽃집 앞에 늘어 선 장미꽃을 본다. 장면이 바뀌고, 남자는 손에 든 꽃다발의 향기를 맡으며 미소 짓는다. 여기서 정지. 남자가 손에 든 꽃다발은 과연 산걸까?

미숙한 영화감독들은 영화에 불필요한 장면을 삽입한다. 꽃집에 들어가서 값을 지불하려는데 카드 결제는 안 되고, 거스름돈을 받다가 동전을 떨어뜨리고, 허리를 굽혀 동전을 줍다가 바지가 찢어지는 장면을 영화에 욱여넣고야 만다. 꽃값을 결제하는 장면은 반드시 필요한가? 장미꽃을 바라보던 남자가 다음 장면에서 손에 꽃을 들고 걸으면 그 장미꽃은 산거다. 달리고 있다면 훔친 거고. 접속부사는 꽃값을 결제하는 장면과 같다. 없어도 된다. 아니 없애야 글이 간결해지고 문장에 힘이 들어간다.

만약 남자가 꽃집 아가씨에게 반했다면 이야기는 달라진다. 거스름돈을 주고받다가 손이 살짝 닿은 것만으로도 심장이 두근거린다면 꽃값을 지불하는 장면은 유의미하다. 특별하기까지 하다. 남자가 여자에게 처음으로 반하는 장면이지 않은가. 이 경우 감독은 거스름돈을 주고받는 손을 클로즈업하고, 남녀의 표정도 세밀하게 포착해야 한다. 이 장면을 글로 적는다면 이때 접속부사를 넣어야 한다. 접속부사는 문장 앞에서 독자에게 말을 건다. “이제 중요한 대목이니 긴장하시죠”

논지가 달라지거나 화제가 바뀔 때 넣는 접속부사만큼 문장에 힘을 실어주는 말도 없다. 특히 ‘그러나’가 그렇다. 적절하게 쓴 ‘그러나’는 분위기를 반전시키는 대목 앞에서 독자를 긴장시키고 문장의 효과를 극대화한다. 앞 문장에 반하는 내용이 뒷 문장에 나오면서 글이 다르게 전개된다는 사실을 독자에게 미리 알린다.

남발한 접속부사는 불안과 충동의 흔적이다. 필자들은 접속부사를 넣지 않으면 의미가 명확하게 전달되지 않을까 두려워하며 이 문장 저 문장 앞에 접속부사를 넣는다. 그러나 영화 속 불필요한 장면 처럼 과하게 넣은 접속부사는 반드시 글을 망가뜨린다.

적당하다면 얼마나 써야 적당한 걸까. 아쉽게도 '적당'과 '남용'을 가르는 명확한 기준은 없다. 전적으로 필자가 판단할 몫이다. 다만 단문의 힘을 믿어달라고 조언하고 싶다. 두 개 이상의 단문은 접속 부사의 도움 없이도 늘 관계를 맺는다.

명심하자. 접속부사는 '액세서리'다. 걸지 않아도 되는데 귀에 건 귀걸이다. 잘 쓰면 포인트(Point)고, 잘못 쓰면 투 머치(too much)다. 단문의 힘을 믿고, 아끼고 아끼다가 넣은 접속부사라야 사랑하는 이의 눈동자처럼 아름다울 수 있다.

접속부사는 액세서리다.
아끼고 아끼다가 넣은 접속부사라야
사랑하는 이의 눈동자처럼
아름다울 수 있다.

배치에 유의하라

'한 줄의 시'나 '한 권의 책' 같은 문구에 익숙한 필자들이 '한 편의 글'처럼 쓴다. 그러지 말자. '한 편의 글'은 '글 한 편'으로도 충분하다. 특별한 의도가 없다면 관형격 조사 '의'를 넣어 길게 늘어지도록 쓸 이유가 없다. 단어의 위치만 달라져도 글은 한결 산뜻해지고 가독성은 높아진다.

'사슴이나 다람쥐 같은 동물들'을 '다람쥐나 사슴 같은 동물들'로 고쳐 쓰면 불필요하게 쓴 글자 하나를 줄일 수 있다. 단어의 배치만 유의하면 글자 수를 줄일 수 있는데 구태여 한두 글자씩 흘리고 다닐 이유가 없다. 특히 항목을 가나다순으로 나열한 문장은 역순으로 나열한 문장보다 친숙하게 읽힌다. 이 말은 좀 더 거침없이 읽힌다는 말이기도 하다.

말이든 글이든, 인용하려면 인용문부터 보여주는 게 좋다. "민주는 '일주일에 한 번은 가족들과 외식을 한다'고 했다"보다는 "'저는 일주일에 한 번은 가족들과 외식을 해요' 민주가 말했다"가 낫다. 말하는 주체를 밝혀 적고서야 말을 인용하는 습관만 고친다면 글을 한결 생기 있게 쓸 수 있다.

문장 성분 간의 거리는 특히 신경 써야 한다. '너를 사랑해'는 무리 없이 읽힌다. 변함없는 사랑을 강조하려고 '너를 영원히 사랑해'라고 써도 아직까진 술술 읽힌다. 그러나 '너를 선녀가 사방 사십 리 돌산을 백 년에 한 번씩 비단 치마로 쓸어서 그 돌산이 다 닳아 없어질 때까지 사랑해'라고 쓴다면, 그렇게 고백하는 남자도 문제거니와 목적어와 서술어가 지나치게 먼 문장 구조도 문제다. '너'와 '사랑'이 멀어지면서 사랑하는 사람과도 멀어질까 걱정이다. 이 경우 '너를'을 뒤로 빼면 독자들이 쉽게 의미를 파악할 수 있다. '선녀가 사방 사십 리 돌산을 백 년에 한 번씩 비단 치마로 쓸어서 그 돌산이 다 닳아 없어질 때까지 너를 사랑해'라고 쓰면 그나마 읽을 만하다.

주어와 서술어의 거리 역시 가까워야 한다. '그녀는 정오에나 조각만한 볕이 드는 반지하 월세방에 살았다'는 주어와 서술어의 거리가 지나치게 멀다. '정오에나 조각만한 볕이 드는 반지하 월세방에 그녀가 살았다'처럼 앞 문장을 고치면 독자가 한결 편하게 의미를 파악할 수 있다.

주요 문장 성분들 간의 거리는 가까울수록 좋다. 특별한 의도 없이 나열한 문장 성분이라면 한 글자라도 줄여 쓸 수 있도록 고치는 게 바람직하다. 문장의 품격은 단어의 선택과 단어의 배열 두 가지에 따라 크게 달라진다. 정확한 단어를 선택하는 것 이상으로 단어를 '적확한 자리'에 배치하는 것 역시 중요하다.

알쏭달쏭 띄어쓰기

김양수 작가의 웹툰 〈생활의 참견〉에 소개된 일화다. 메이크업 아티스트 누리 양은 사회초년생 시절 집에 자주 못 갈 만큼 바빴다. 며칠 후에 있을 아버지 생신에는 꼭 집에 가겠노라 다짐하며 아버지에게 문자를 보냈다. "아빠스위트와인사갈까" 스위트 와인을 마시며 분위기나 잡아보자던 문자를 아버지가 "아빠, 스위트와 인사 갈까"로 받아들이며 상황은 묘해진다.

한글은 음소문자이지만 음절 단위로 글자를 모아쓴다. 자음과 모음 같은 낱 음소들이 모여 글자를 만든다. '사랑'은 음소들이 모여 의미를 전달한다는 점에서 '愛(사랑 애)'와는 다르지만, 자음과 모음이 모여 '사', '랑'처럼 낱글자를 만든다는 점에서 'love'와는 또 다르다. 그러다 보니 한글은 로마자에 비해 띄어쓰기를 하지 않아도 의미를 전달하는 데 큰 불편함이 없다.

김양수 작가가 소개한 일화는 띄어쓰기의 중요성을 역설하는 듯 보이나 역설적으로 한국어에서 띄어쓰기가 그다지 중요하지 않음을 알려준다. 누리 양이 띄어쓰기를 하지 않은 채 문자를 보낸 건 평상시에 띄어쓰기 없이 문자를 주고받으면서 불편함을 느끼지 못했기 때문이리라. 이 문자 역시 결혼 적령기인 누리 양의 나이, 아버지와 문자를 주고받는 상황, '스위트 와인'이 낯선 아버지라는 복합적인 요인이 작용해 중의성을 갖는다. 만약 아버지가 '스위트 와인'을 즐겨 드신다거나, 누리 양이 결혼 적령기 여성이 아니었다면 이 문자가 '스위트와 인사를 가겠다'고 읽히진 않았을 것이다. 실제로 띄어쓰기로 불필요한 오해가 생기는 사례는 이야깃거리가 될 만큼 드물다.

'띄어 써야 하느냐, 붙여 써야 하느냐'를 두고 내기를 하는 상황이 아니라면 일상생활에서 띄어쓰기 규정을 찾아보는 일은 좀처럼 없다. '문장의 각 단어는 띄어 쓰고, 조사는 붙여 쓴다'는 원칙만 알아도 글을 쓰는 데 큰 무리가 없기 때문이다. 의심 가는 단어를 사전에서 찾아보는 것만으로도 충분하다. 바르게 써야 한다는 강박에 쫓기지 말자.

이렇게까지 말하는 이유는 띄어쓰기가 어렵기 때문이다. 하루에도 수백 번씩 사전을 찾아보며 글을 쓰는 나에게도 띄어쓰기는 정말로 어렵다. 굵직한 원칙들을 외우고는 있다지만 예외가 많다 보니 애초에 원칙을 신뢰할 수가 없다. 긴가민가할 때 사전을 찾아보지 않고서는 제대로 띄어쓰기를 해낼 재간이 없다.

'그중'과 '이 중'을 보자. 지시어 '이', '그'는 '대명사'이거나 '관형사'다. 대명사든 관형사든 조사를 제외한 단어 앞에 쓸 경우에는 무조건 띄어 써야 한다. '그 중', '이 중'처럼 말이다. 그러나 '그중'은 단어로 올라 있는 반면 '이중'은 단어가 아니다. 쉽게 납득할 수는 없지만 '그중'이라 쓰면 맞고, '이중'이라 쓰면 틀리다. 국립국어원에서는 나름의 합리적인 기준을 들어 결정한 것일 테나, 받아들이는 보통 사람들로선 일일이 외워 써야 하니 귀찮고 힘들 수밖에 없다. 원칙이 있다지만 예외가 많아질수록 원칙은 힘을 잃는 법이다.

그렇다고 띄어쓰기에 요령이 없는 건 아니다.

긴가민가하면 띄어 써라

무책임하게 들릴지 모르나 이보다 좋은 요령이 없다. 북한은 되도록 붙여 쓰는 반면 남한은 대개 띄어 쓴다. '다 읽어 간다'에서 보조동사 '간다'의 띄어쓰기만 봐도 그렇다. 앞에 쓴 '가다'는 '산에 가다'처럼 '한 곳에서 다른 장소로 이동한다'는 의미를 가진 동사가 아니다. 이처럼 본래 뜻을 잃어버리고 어울리는 동사의 의미를 보충하는 '보조동사'는 띄어 쓰는 것을 원칙으로 하되 붙여 쓰는 것도 허용한다.

반면 '받아 가다'를 보자. '모두 다 선물을 받아 갔어'라는 문장에서 '가다'는 '이동하다'라는 의미를 가진 동사다. 보조동사가 아니다. 고로 앞 단어와 띄어 써야 한다.

보조동사든 동사든 그저 띄어 쓰는 것만으로도 손쉽게 원칙을 지킬 수 있다. 일일이 의미를 따져가며 '붙여 써야 할지, 띄어 써야 할지'를 결정하는 것보다는 모두 띄어 쓰는 게 편하다. 이처럼 대부분의 한글 맞춤법 규정이 띄어쓰기를 원칙으로 삼고 있는 만큼 긴가민가할 때라면 띄어 쓰는 게 좋다.

자주 틀리는 표현들

모양도 발음도 같지만 때에 따라 붙여 쓰거나 띄어 써야 하는 글자들이 띄어쓰기를 어렵게 만든다. 안타깝게도 외우는 것밖에는 별도리가 없다.

'안'과 '못' 띄어쓰기

'안'과 '못'은 긍정문을 부정문으로 만들어주는 부사다. '부사는 뒷말과 띄어 써야 한다'는 원칙만 알면 혼동할 게 없을 것 같지만 사정은 녹록지 않다. '안되다'와 '못되다'가 있어 그렇다. 특히 '안되다'는 띄어쓰기를 힘들게 하는 주범이다. '안되다'가 '안(부사)+되다(동사 혹은 형용사)'인지 '안되다(동사 혹은 형용사)'인지 헷갈린 경우가 의외로 많다.

'그걸 그렇게 하면 안 돼'라고 할 때 '안'을 띄어 써야 할까 붙여 써야 할까. '공부가 안돼서 좀 쉬고 있었어'의 '안'을 띄어야 할까 붙여야 할까. 앞 문장에서는 띄어 써야 하고, 뒤 문장에서는 붙여 써야 한다. 헷갈린다면 '안'을 없애보자. '안'이 긍정문을 부정문으로 만들어 주는 부사로 쓰였다면 생략한다고 문장이 망가지지는 않는다. 그저 부정문이 긍정문으로 바뀔 뿐이다. 반면 '안되다' 자체가 동사이거나 형용사인 문장에서는 '안'을 빼면 문장이 망가진다. 동사나 형용사의 의미가 애초의 뜻과 크게 달라지기 때문이다.

지·만·번·데·뿐·대로·만큼

주문처럼 외우고 다니는 일곱 가지 의존명사다. 자주 쓰는 의존명사들로, 띄어쓰기를 힘들게 하는 주범이다.

지 : '서운하게 들릴지도 모르지만'이라고 적을 때 '지'는 앞말과 붙여 써야 한다. 반면 '혁신의 아이콘, 스티브 잡스가 세상을 떠난 지 4년이 흘렀다'에서 '지'는 띄어 써야 한다. 이처럼 일일이 외우는 것보다는 "의존명사 '지'를 제외한 나머지는 붙여 써야 한다"고 기억하면 편하다.

'지'는 특정 시점부터 지금까지의 시간을 가리키는 의존명사이다. '시간'과 어울린다는 사실만 기억하자. '그녀를 만난 지 세 달이 지났다'는 문장처럼 의존명사 '지' 뒤에는 반드시 '기간'이 드러난다. 그러니 시간과 어울리는 '지'만 앞 단어와 떨어뜨리고, 다른 '지'는 붙여 쓰면 띄어쓰기 오류를 피할 수 있다.

만 : '만'은 두 가지 뜻만 기억하면 편하다. 하나는 시간과 함께 쓰는 '만'이다. '얼마 만에 먹어보는 초밥이냐'라고 적을 때는 '만'을 띄어 써

야 하는 반면, '너를 사랑하는 내 마음이 얼마만 한지 너는 짐작도 못 할 거야'라고 쓸 때는 붙여 써야 한다. 둘 다 형태는 같지만 앞의 '얼마'는 시간을 가리키는 반면 뒤의 '얼마'는 크기나 정도를 가리킨다는 점에서 차이가 있다. '그녀는 그와 만난 지 두 시간 만에 지루함을 느꼈다'처럼 시간과 어울리는 '만'은 앞말과 띄어 써야 한다.

더불어 타당한 이유가 있음을 나타내는 의존명사 '만' 역시 띄어 써야 한다. '여자 친구가 화낼 만도 했네'처럼 말이다.

번 : 일의 차례나 횟수를 나타내는 의존명사 '번'은 앞말과 띄어 써야 한다. 대체로 쉽게 구분할 수 있지만, '한번'과 '한 번'을 구분하기란 쉽지 않다. '시도'를 나타내는 부사 '한번'은 붙여 써야 하고, '한 번, 두 번'할 때 쓰는 '번'은 앞의 '한'과 띄어 써야 한다.

'실패할 때 실패하더라도 한번 해봐'라고 적을 때 사용하는 '한번'은 '시도'의 뜻을 갖고 있는 부사다, '부사'인지 '수사+의존명사'인지 구분하는 손쉬운 방법은 그 자리에 '두 번', '세 번'을 써보는 것이다. 만약 '두 번', '세 번'을 넣어 자연스럽다면 '한 번'처럼 띄어 쓰고, 어색하다면 '한번' 같이 붙여 쓰면 된다.

데 : 의존명사 '데'는 '장소·일·경우'를 대신한다. 의미망이 넓은 단어이므로 되도록 피해야 하지만 쓰고자 한다면 앞 단어와 띄어 써야 한다.

'그녀와 즐겨 가던 데야'라는 문장에서 '데'는 장소를 뜻하는 의존명사다. '데'가 가리키는 곳은 카페일 수도 있고, 산책로일 수도 있다. 의미망이 넓은 의존명사이므로 되도록 사용하지 않는 게 바람직하나 굳이 쓴다면 앞말과 띄어 써야 한다.

'사랑하는 데 나이가 무슨 상관이니'라는 문장에서 쓴 '데'는 '일'을 뜻하는 의존명사다. 사랑도 일인가 싶다가도 '당신을 사랑하는 일'이라는 말이 제법 그럴듯하게 들린다. 이처럼 '일'의 의미로 쓰는 '데'는 의존명사로 앞말과 띄어 써야 한다.

'사랑으로 곪은 데는 사랑만한 약이 없다'라는 문장에서 '데'는 경우를 뜻하는 의존명사다. 되도록 '사랑으로 곪은 상처에는 사랑만한 약이 없다'처럼 구체적으로 적는 게 좋지만, 만약 '데'를 쓰고자 한다면 '데'가 '경우'라는 뜻을 가지고 있는 의존명사이므로 앞말과 띄어 써야 한다.

뿐·대로·만큼 : '뿐·대로·만큼'은 의존명사이거나 조사다. 의존명사라면 띄어 써야 하며, 조사라면 붙여 써야 한다. '체언(명사·대명사·수사) 뒤에 오는 '뿐·대로·만큼'은 조사이니 붙여 써야 한다'는 규칙만 기억하자. 가령 '사막에서 밤하늘을 보고 있자니 지구에 우리 둘뿐인 것만 같아'라고 쓴다면, 수사 '둘'에 조사 '뿐'을 더한 표현이므로 붙여 써야 한다. 반면 '그저 열심히 쓸 뿐이다'처럼 '쓰다'의 어간에 관형사형 어미 '-ㄹ'을 더한 '쓸' 뒤에 오는 '뿐'은 의존명사이므로 반드시 띄어 써야 한다.

따져보지 않고 쓰면 우스워지는 말들

우리

대명사 '우리'는 대상을 아우르는 '우리'와 친밀함을 강조하는 '우리'로 나눠 볼 수 있다. 그리고 전자는 듣는 이를 포함하는가 배제하는가를 기준으로 두 가지로 나뉜다. 가령 '우리, 바다로 드라이브 갈래?'라는 말은 듣는 이를 아우르지만, '우리는 먼저 퇴근할게'에서 '우리'는 함께 퇴근하는 복수만을 가리킨다.

'우리'는 친밀감을 과시하는 말이기도 하다. '우리 엄마'가 대표적이다. 형제가 없는 외자식도 엄마를 '우리 엄마'라고 소개하는데, 아우르는 대상이 없더라도 친밀감을 강조하려고 그렇게들 쓴다.

친밀감의 '우리'는 많은 경우 공동체에 속하지 못한 다수를 배척한다. '우리나라'만 해도 그렇다. 외국인 이주자가 늘고 있는 한국에서 '우리나라'라는 표현은 한국 국적을 갖지 못한 이주자들이 소외감을 느끼게끔 한다. 저널리즘 글쓰기에서 '우리나라'라는 표현을 멀리해야 하는 이유다. 주관적이라는 인상을 줄 수도 있는 만큼 특별한 경우가 아니라면 '한국'이라고 쓰는 게 바람직하다. 대학 신문사들 역시 '우리 학교'라는 표현을 쓰지 않는 게 좋다. 공공기관이나 타 학교, 대학과 인접한 지역사회에도 배포하는데 '우리 학교'라고 써야 할 이유가 없다. 구태여 주관적이고 모호한 표현을 반복해 사용하기보다는 학교명을 쓰는 게 바람직하다.

비롯하다

'비롯하다'는 본래 '근원'이나 '기원'이란 의미를 갖는 단어다. '그녀와의 싸움은 대체로 사소한 말다툼에서 비롯됐다' 꼴로 쓴다.

'비롯하다'의 의미를 따져보지 않고 쓰면 큰 실수를 하게 된다. 가령 A교수가 '나를 비롯한 양심적 지식인들'이라고 말한다면 A교수는 양심적이라는 평가를 받을 수는 있겠지만, 겸손하다는 평가를 받긴 힘들다. 타동사 '비롯하다'는 '여럿 가운데 하나를 중심으로 삼아 다른 것을 포함한다'는 뜻을 가진 단어다. '양심적 지식인들' 가운데 본인을 앞세운 표현이니 만큼 '나와 같은'이나 '나를 포함한'에 비해 자신을 지나치게 높인 말이다. 의미를 따져보면 낯 뜨거운 표현임을 알 수 있다. '이장님을 비롯한 마을 주민들'처럼 본인이 아닌 대표라 할 만한 인물에 쓰거나, '나를 비롯한 소시민들은'처럼 겸양의 의미로 쓰는 게 아니라면 사용해서는 안 된다.

상경하다

작가들이 의심 없이 사용하는 몇몇 표현들은 선입견을 담고 있다. '상경하다'가 그렇다. '서울(京)로 올라온다(上)'는 뜻을 가진 이 말은 정치적이다. 서울을 위에 놓고 나머지 지역을 서울보다 한 단계 낮은 지역으로 취급하는 사고가 반영된 표현이다. '오다', '가다'만으로도 지리적 이동을 분명하게 표현할 수 있으므로 '지금 서울로 올라가는 중이야', '서울에서 내려가고 있어'라고 쓸 이유가 없다. 정치적으로 올바르지 않은 말이므로 절대로 쓰지 말자.

개요는 낭비다

“글짓기는 흰 종이 위에 집을 한 채 짓는 일이다” 개요를 글의 설계도라 강조하는 문장가들이 흔히 하는 말이다. 그러나 실제로 많은 작가들이 마지막 문단에 무슨 내용을 써야 할지 모른 채 글을 쓴다. “소설을 쓰는 일은 밤에 자동차를 운전하는 것과 같다. 당신은 차의 헤드라이트가 비춰 주는 데까지만 볼 수 있을 뿐이다. 그런 식으로 목적지까지 갈 수 있다.” 소설가 E. L. 닥터로의 말이다. 단지 소설뿐일까.

숙련된 작가에게도 구상한 대로 글을 쓰는 일은 대단히 힘들다. 예상은 늘 빗나가기 마련이며, 글을 쓰다 보면 새로운 생각이 옆구리를 찌르곤 한다. 공들여 짠 개요를 구석에 처박아 둔 채 글을 쓰던 작가들은 결국 개요 없이 글을 쓴다. 그러면서도 남들은 짜임새 있게 개요를 작성한 후에 글을 쓰길 바란다. 수십 년간 글을 쓴 작가들도 개요대로 글 쓰는 일을 버거워하는데 하물며 초보자는 어떻겠는가. 글짓기는 어렵고 난해하며, 개요대로 써지는 글이란 여간해선 없다.

글짓기라 에둘러 말하지만 글을 쓰는 상황이 한결같진 않다. 마감일을 일주일 남겨 두고 여유롭게 글을 쓸 때도 있고, 논술이나 작

당신은 차의 헤드라이트가
비춰주는 데까지만 볼 수 있을 뿐이다.
그런 식으로 목적지까지
갈 수 있다.
— E.L. 닥터로

문 시험을 치르느라 분초를 다퉈 글을 써야 할 때도 있다. 만약 시간이 넉넉하다면 소재를 찾고, 자료를 모으는 데 시간을 오래 투자하는 게 좋다. 실제로 '현상 파악·원인 분석·해결책 제시' 구조를 따르는 일반적인 글은 자료를 수집하고 정리하는 과정에서 구상이 끝나는 경우가 대부분이다. 그렇게 구상을 끝냈다면 개요는 불필요하다.

반대로 촉박하게 글을 써야 할 때는 어떨까. 대학 입시 논술이 대표적이다. 대입 논술은 제시문을 읽고 분석하는 능력을 평가하는 시험이라 키워드나 주제를 던져 주고 자유롭게 글을 쓰도록 하는 언론사 시험에 비하면 상대적으로 쉽다. 제시문의 수준은 비교적 높지만 제시문 간의 관계에 집중해서 읽다 보면 출제자의 의도를 어렵지 않게 가늠할 수 있다. 응시자는 출제자의 의도에 따라 제시문을 해석하고 이를 토대로 본인의 의견을 제시하면 된다. 언론사의 논술·작문이 열린 글쓰기라면 대입 논술은 닫힌 글쓰기에 가깝다. 그러니 글의 '구조'만 보면 높은 점수를 받은 답안지와 낮은 점수를 받은 답안지는 거기서 거기다.

글을 일정한 구조대로 써야 한다면 개요는 얼마만큼 유의미할까. 애초에 서론·본론·결론, 두괄식, 주지-부연-상술-예증 방식대로 글을 쓸 학생들이 개요를 공들여 짜느라 시간을 낭비할 이유가 없다. 누구도 스케치만으로 모나리자를 평가하지 않는 것처럼 누구도 개요만으로 글을 평가하진 않는다. '출제자의 의도 파악-제시문 분석-개요 작성-집필-퇴고'는 그저 권장 사항일 뿐이다. 개요 쓰기가 불필요하다면 곧바로 집필 단계로 들어가도 된다.

개요 없이 글을 쓰기가 정 두렵다면 글의 첫 문장과 마지막 문장을 적어두는 것만으로도 충분하다. 평소에는 글을 곧잘 쓰던 학생들도 막상 시험장에선 첫 문장과 마지막 문장을 엉망으로 쓴다. 다듬지 않은 생각을 서술하려니 길어져 첫 문장이 망가지고, 시간이 부족해 다급하게 쓰려다 보니 마지막 문장이 망가진다. 특히 어쭙잖은 개탄과 훈계, 중언부언으로 마지막 문장을 망가뜨리는 사례가 흔하다. 개요를 짤 시간에 첫 문장과 마지막 문장을 다듬는 것만으로도 글의 품격을 높일 수 있다.

가만히 귀 기울이면

우리가 흔히 읽는 칼럼들은 일화로 글을 시작한다. 고기 안에 채소를 다져 넣어 아이를 속이는 엄마들처럼, 작가들은 취중 환담을 들어 보라며 독자들을 모아 놓고는 고환율 정책의 폐해나 저출산 문제의 심각성을 논설하곤 한다. 이렇게 쓴 머리말은 금세 들통 날 거짓말이라 표독스럽지 않고, 악의가 없는 눈속임이라 교활하지 않다.

일화로 도입부를 써 보라 하면 보통 사람들은 거창한 일화를 생각하느라 골머리를 앓는다. 그러나 일화는 특별하지 않아도 좋다. 작고 사소한 일화일수록 그 속에 담긴 삶의 지혜가 빛나는 법이다. 그러니 부디 지나치게 평범한 삶을 살아서 이야깃거리가 없다고 낙담하지는 말자. 글로 쓸 만한 이야깃거리가 없다고 느낀다면, 당신은 이야깃거리를 찾는 데 골몰하느라 친구의 말버릇, 거리의 풍경, 실시간 검색어에서 찾을 수 있었던 수많은 소재들을 놓치고 있는 것이다. 영화 〈어거스트 러쉬〉의 대사를 변주하자면 '이야깃거리는 늘 우리 곁에 있고, 우리는 그저 귀 기울이기만' 하면 되는 것일지도 모른다.

일화로 글을 쓸 때는 일화만큼 일화를 전달하는 방식도 중요하다. 특히 '일화를 얼마만큼 상세히 적을 것인가'는 중대한 문제다.

맥주에 유통 기한이 있는 줄 몰랐다. 복통과 설사에 시달리면서도 그저 지난밤의 과음을 자책했을 뿐 술 자체에 문제가 있으리라곤 생각지 못했다. 잊지 말자, 맥주의 유통 기한은 1년이다. 사랑에도 유통 기한이 있다는 얘기를 들었다. 생물학자들의 연구에 따르면 대략 18개월에서 30개월이 된다. 그렇다면 슬픔에도 유통 기한이 있을까? 있는 것 같다. 슬퍼하는 와중에는 그 슬픔이 천년만년 갈 것 같은데, 돌이켜보면 슬픔의 유통 기한이라는 거 의외로 길지 않다. 슬픔의 안쪽에 있는 사람은 슬픔밖에 못 보지만, 슬픔의 바깥에서 그것을 관찰하는 시인의 눈에는 슬픔의 유통 기한이 보인다.

신형철의 「슬픔의 유통 기한」 머리말이다. 유통 기한이 지난 술을 마셔 복통과 설사에 시달렸다던 필자는 맥주의 유통 기한은 1년이라고 말한다. 느닷없이 '맥주의 유통 기한' 이야기를 꺼낸 신형철은 사랑에도 유통 기한이 있는지, 슬픔에도 유통 기한이 있는지를 연이어 묻고 답한다. 최정례의 「칼과 칸나꽃」, 김행숙의 「이별의 능력」을 이야기하기 위함이다.

이 글에 '자초지종', '구구절절'은 없다. '누구와 술을 마셨는지', '몇 병을 마셨는지', '안주로는 뭘 먹었는지', '몇 시간을 마셨는지'는 잊어버린 듯 그저 필요한 말을 필요한 만큼만 적었다.

일화를 적는 방식에는 크게 두 가지가 있다. 일화를 전면적으로 밀어붙이는 방식과 필요한 말을 필요한 만큼만 적고 본론으로 넘어가는 방식이다.

A

학보사는 여느 조직에 비해 승진이 빠르다. 수습이 부장 직함을 다는 데 2년이 채 걸리지 않는다. 학보사에서 7년간 일한 나는 후배들의 임기 만료를 수차례 지켜보며 흥미로운 점을 몇 가지 발견했는데, 후배들의 꼰대질이 그중 하나다.

수습기자 대부분은 신입생이다. 대학 생활에 대한 기대가 커서 그런지 하고 싶은 게 많다. 학점 관리, 대외 활동, 학과 생활, 연애 어느 하나 놓치고 싶어 하지 않는다. 기사 마감과 학과 총엠티가 겹치거나 방중 기자 교육 일정과 해외여행 일정이 겹치면 소요가 생기기도 한다.

수습기자·정기자 시절에 유난히 속을 썩이던 후배들이 있다. 신문사 활동이 힘들다며 잠적하거나 방중 교육 기간에 여행 일정을 잡아 놓고 선전포고하듯 알리던 후배들이다. 아이러니하게도 그 후배들이 부장만 되면 꼭 "요즘 애들은 제 욕심 다 채우면서 신문사 활동을 하려 한다"며 열변을 토한다. 처음에는 꽤나 당혹스러웠는데, 이제는 그저 그러려니 한다.

비단 학생들만 그러는 게 아니다. "대학 본부는 학생들의 목소리를 경청해야 한다"고 말하던 교수가 보직을 맡고는 학생들의 비판에 화를 내는 모습을 본 게 한두 번이 아니다. 원칙을 고수하는 교수들보다는 상황이 바뀌면 딴 사람처럼 행동하는 교수들이 더 많다. 이제는 늘 한결 같은 교수를 보면 풍차를 향해 돌격하는 돈키호테처럼 위태로워 보이기까지 한다.

B

비판을 경청할 줄 알아야 한다던 교수도 비판을 받는 자리에 서면 화를 낸다. 선배들의 꼰대질이 싫다던 후배도 나이 먹으면 '요즘 애들' 운운한다. 나이가 적든 많든, 적게 배웠든 많이 배웠든 '선 자리가 달라지면 풍경도 달라진다'는 일반론에 쉽게 고개를 숙인다. 늘 한결같은 사람은 적고, 그런 사람들은 풍차를 향해 돌격하는 돈키호테처럼 시대에 뒤떨어진 것처럼 보이기까지 한다.

A와 B는 동일한 일화를 다르게 쓴 도입부다. 자기 경험을 토대로 글을 써보라고 조언하면 사람들은 대개 A처럼 쓴다. 그러나 일화로 글을 써야 한다고 경험을 길고 상세하게 설명해야 하는 건 아니다. 길이 제한이 엄격한 글이라면 일화는 간결할수록 좋다. 특히 자기소개서 같은 1000자, 1500자 글에서 디테일은 군더더기다.

그렇다고 A와 B 둘 중에 어느 하나가 정답인 건 아니다. 때에 따라서는 B보다는 A가 좀 더 좋은 글쓰기 방식일 수 있다. 길이 제한이 없거나 욕심나는 일화가 있을 때 그렇다. 다만 좋은 작가라면 동일한 일화를 가지고도 상황과 요구에 맞춰 완급을 조절해 쓸 줄 알아야 한다. 그래야만 본론으로 넘어가는 첫차와 막차를 놓치지 않을 수 있다.

특히 일화로도 충분한데 일화 앞에 소회나 감상을 길게 늘어놓아 글을 망치는 필자들이 많다. 그러나 일화는 그 자체만으로도 훌륭한 도입부다. 적절한 시기를 재느라 쭈뼛댈 이유가 없다. 그저 일화를 적는 것만으로도 충분하다. 도입부를 위한 도입부는 상자 안에 든 상자처럼 독자들을 당혹스럽게 할 뿐이다.

마무리다운 마무리

'결론적으로 말해서' 없이는 글을 마무리하지 못하는 작가들이 많다. 그러나 글 말미에 적는 '결론적으로'는 대부분 불필요하다. 시각 정보만으로도 결론이 나오리란 걸 가늠할 수 있는 독자들에게 구태여 밝혀 적는 '결론적으로'는 중복 표현과도 같다. 독자가 충분히 헤아릴 수 있는 내용은 가늠하고 예측하도록 놔두자.

'다시 말하자면'이나 '위에서 살핀 바대로' 역시 불필요하다. 독자들은 '다시 말하자면'이라고 적지 않더라도 다시 말한다는 걸 알고, '위에서 살핀 바대로'라 적지 않아도 위에서 살핀 내용임을 기억한다. 마지막 문단은 글 전체를 마무리하기 마련이며, 앞에서 말한 내용을 재차 언급할 수밖에 없다. 그러니 구태여 밝혀 적지 말자.

특히 논술 답안이나 자기소개서처럼 분량이 정해진 짧은 글에 넣는 '결론적으로' 따위는 최악이다. 1000자 남짓한 글에 '결론적으로'를 넣어 '제 글이 이렇게나 단조롭습니다. 저는 글을 참신하게 구성할 능력이 부족합니다.'라고 자조하지 말자. 그 자체로 결말인 결말, 별다른 도움 없이도 글을 갈무리할 수 있는 결말이라면 그것만으로 충분하다.

스핑크스가 묻는다. 아침에는 전근대이고 오후에는 근대이며 저녁에는 탈근대인 것은 무엇인가? 정답은 한국이다. 본질적으로 근대적 국민국가 만들기에 실패한 분단체제 하의 땅이다. 현상적으로 근대적 일상의 난마 속에서 허덕인다. 편집증적으로 탈근대의 정신적 우주를 유영한다. 이렇게 세 겹의 시간대가 착종되어 있는 곳이 우리의 현실이다. 우리는 괴물이다. 그런데 이상하다. 모두 아픈데, 왜 아무도 병들지 않았는가.

평론가 신형철의 「만유인력의 소설학」 마지막 문단 일부다. 구태여 '결말'이라 밝혀 적지 않더라도 결말처럼 읽힌다. 이처럼 좋은 결말은 글에서 떼어 내도 결말답다. '결론', '마지막', '정리', '요약' 따위는 결말다운 결말 앞에서 설 자리를 잃는다. 마무리다운 호흡, 마무리다운 중량감, 마무리다운 여운을 가진 문장이라면 '마무리'라는 말은 불필요하다.

특히 '모두 아픈데, 왜 아무도 병들지 않았는가'는 이 글의 전부라 할 만큼 매력적이다. 좋은 문장은 글 전체가 그 문장을 향해 질주하는 것처럼 느껴지도록 하는데, 이 문장이 그렇다. 글 전체를 아우르면서도 더 이상의 첨언을 불가능하게 한다. 끝말잇기의 '나트륨'이나 '마그네슘' 같은 말이다. 그런 문장 앞에 붙이는 '결론적으로'나 '다시 말하자면'은 불순물이다.

그 자체로도 결말인 문단, 더 이상의 첨언을 불가능하게 하는 문장으로 글을 끝내자. 명심하라. 작가의 글은 깜짝파티다. '결론적으로', '다시 말하자면', '위에서 살핀 바대로'처럼 눈치 없는 불청객들이 파티를 망치려 한다면 단호하게 내쫓아야 한다.

모든 초고는 걸레다

"모든 초고는 걸레다" 어니스트 헤밍웨이의 말이다. 모든 초고는 거칠고 투박하며, 누구도 단번에 헤밍웨이처럼 글을 써낼 수 없다. 그건 헤밍웨이 역시 마찬가지다. 좋은 글은 많이 고쳐 쓴 글이며, 이 말은 좋은 글을 쓰려면 많이 고쳐 써야 한다는 말로도 읽을 수 있다.

"자네 마음에 들지 않는다면 얼마든지 깎아내리게. 그건 자네 권리이자 의무지. 하지만 나는 더 나은 작품을 만들고 실수한 부분이나 잘못된 부분을 잘라내려고 206번을 읽었다네. 그리고 마지막에 읽을 때는 아주 흡족했네. 206번이나 내 빌어먹을 심장이 미어지는 느낌을 받았지. 내 개인적인 생각이겠지만 나는 오랫동안 글을 쓰고 읽었으니 똥인지 된장인지 구분할 수 있는 사람이라네. 하지만 꼭 해야만 하겠다면 얼마든지 작품을 폄하하고 유린하고 죽여 버리게나." 헤밍웨이가 한 평론가에게 보낸 편지에서 한 말이다.

헤밍웨이만큼 강박적으로 글을 고치지는 않더라도, 많은 작가들이 자기가 쓴 글을 수없이 고친다. 글이 지면에 실린 후에도 본인의 글을 끊임없이 수정하는 작가들도 많다. 애당초 완성한 글, 완벽한 글이란 없는 걸지도 모른다.

본인이 쓴 문장을 거듭 읽어가며 글을 쓰는 작가도 초고에서 숱한 비문과 어색한 표현들을 발견한다. 모든 작가들은 초고를 쓸 때만 해도 신의 선물처럼 아름답다고 생각한 문장을 퇴고 과정에서 냉큼 지워버린 기억을 공유하고 있다. 글쓰기는 힘들고 변덕스러운 작업이며, 퇴고 없이 발표한 글은 차마 눈을 뜨고 볼 수 없을 만큼 볼품없는 경우가 태반이다.

그렇다고 모든 작가들이 퇴고 과정에서 글 전체를 갈아엎는 건 아니다. 대부분의 퇴고는 전체 글의 10%를 고치는 정도에 그치곤 한다. 작은 차이라 볼 수도 있지만, 작가들은 본인의 글에서 '은/는'을 '이/가'로 바꾼다거나, 불필요하게 쓴 부사를 지운다거나, 어감이 좋지 않아 읽는 도중 줄곧 겉돌던 단어를 다른 단어로 바꾸는 데 초고를 작성할 때 들인 시간보다 더 많은 시간을 쓴다. 10% 남짓한 부분을 고치면 글이 놀랍도록 좋아진다는 걸 알지 못하는 사람들은 이 시간을 낭비라고 생각한다.

글 한 편을 거칠게 쓴 후에 수없이 퇴고하는 필자들이 있는 반면 마음에 쏙 드는 문장 하나를 적고 나서야 다음 문장으로 넘어가는 필자도 있다. 글을 쓰는 방식은 필자만큼 많고, 그 방식은 제각기 정답이다. 그러나 어떤 작가도 자기 글을 읽고 수정하는 걸 게을리 하지 않는다. 재차 읽어보며 다듬지 않으면 초고는 원석에 지나지 않음을 경험으로 알기 때문이다. 시간이 허락한다면 끊임없이 퇴고하자.

또 다른 퇴고

헤밍웨이가 "모든 초고는 걸레다"라고 선언했지만 안타깝게도 우리는 걸레를 답안지랍시고 제출할 수밖에 없는 상황에 이따금 처하곤 한다. 옷은 못 짓더라도 잘 다듬어 수건처럼 보이게는 하고 싶은데, 시간은 짧고 여건은 녹록지 않다. 제시문을 읽고, 생각을 간추리고, 마지막 문장에 마침표를 찍는 것만으로도 버겁다. 초보자라 그런 게 아니다. 시간이 부족해 글을 다급하게 마무리하고 머리를 쥐어뜯어 본 경험은 누구에게나 있다. '반드시 퇴고하라'는 말이 불가능한 조언처럼 느껴질 만큼 시간은 누구에게나 촉박하다. 특히 '짧은 시간에 얼마만큼 완성도 높은 글을 써낼 수 있는가'를 평가하는 글쓰기 시험에서 '부족한 시간'은 기본 상수다. 누구나 안고 가는 시한폭탄이다.

퇴고할 시간을 확보해야 한다지만 누구나 종료 10분 전에 글을 마치고 여유롭게 퇴고할 수 있는 건 아니다. 빼어난 작가들도 글씨를 느리게 쓴다거나, 담이 작아 심하게 긴장한다거나 해서 민낯인 초고를 제출하곤 한다. 나 역시 악필에 글씨마저 느려 논술 시험을 보지 않아도 되는 정시 우선선발 제도로 대학에 들어왔다. 정해진 시간에 해독 가능한 글을 써내기란 힘들고, 누군가에겐 노트북 없이는 불가능하다.

악필이라거나, 글씨를 느리게 쓴다거나, 구상에 지나치게 공을 들인다거나 하면 제 시간 안에 글을 써서 제출할 수 없다. 원체 글을 느리게 쓰는데, 또박또박 쓰다 보니 더 느리게 쓸 수밖에 없다면 특단의 조치가 필요하다. 나는 나처럼 구제불능인 학생이 찾아오면 글틀을 만들어 주고 외우게 한다. 첫 문장부터 마지막 문장까지 문형

(文型)을 잡아주고 시험 시간에는 단어만 넣어 응용할 수 있게끔 돕는다. '점차 -ㄴ ~는 ~의 ~을 ~한다' 꼴로 첫 문장의 틀을 잡아주면 학생은 '점차 낮아지는 출산율은 한 사회의 중·장기적 성장 동력을 떨어뜨린다', '점차 증가하는 노령 인구는 노동가능인구의 노인부양부담을 높인다'처럼 쓴다. 문형을 설계해 놓으면 어떤 주제가 나오더라도 일정 수준 이상의 글을 빠르게 쓸 수 있다.

훌륭한 작가는 숱한 악조건에도 불구하고 기어코 좋은 글을 써낸다. 누군가 시간을 정해 놓고 글을 쓰도록 한다면 작가들은 그 시간에 맞춰 최선의 글을 쓸 수 있도록 전략을 짜야 한다. 시간을 탓하거나, 상황을 탓하거나, 출제자를 탓한다고 해서 상황은 달라지지 않는다. 출제자가 악필에 글을 늦게 쓰는 응시자를 배려하지 않고 시험 시간과 시험 방식을 결정했다면, 여러분 역시 그에 맞춰 전략을 세워야 한다. 퇴고할 시간이 부족하다면 퇴고한 글을 시험장에 들고 가라. 퇴고한 후에 글을 써라. 그것 역시 글쓰기 전략의 일부다.

초고는 원석에 지나지 않는다.
시간이 허락한다면
끊임없이 퇴고하자.

난초를 그림에 법이 있어도 안 되고 법이 없어도 안 된다.

-완당 김정희

3부

글로 배우는 글쓰기

그녀, 슬픔의 식민지 / 신형철

"인생에서 놓쳐서 아쉬운 것은 사랑밖에 없다. 그것이 대답이었고, 그 문장을 마침내 말로 꺼내 얘기하기 오래 전부터 이미 나는 그 대답을 알고 있었음에 틀림없다."

이 소설의 원제목은 '아니말 트리스테(animal triste)'다. 독일 작가의 독일 소설이지만 이 단어들은 라틴어다. 나는 라틴어를 모르지만 이 단어가 들어 있는 오래된 관용구 하나를 알고 있다. '옴네 아니말 트리스테 포스트 코이툼(omne animal triste post coitum)'. 즉, '모든 짐승은 교미를 끝낸 후에는 슬프다.'(움베르토 에코의 『장미의 이름』에서 풋내기 수도사 아드소는 야생적인 소녀와의 첫 경험 이후 '욕망의 허망함과 갈증의 사악함'을 최초로 실감하면서 저 관용구를 상기한다.) 혹은 더 리듬감을 살려 'post coitum, animal triste'라고 쓰는 경우도 있다. 그리고 이것이 모든 짐승의 보편적인 진실이 아니라 인간이라는 짐승만의 특수한 진실이라는 듯이, '섹스가 끝나면, 인간은 슬프다'로 번역하기도 한다.

모니카 마론이 이 관용구를 염두에 두고 제목을 정한 것인지 아닌지 나는 모른다. 다만 이 소설이, 중년의 나이에 짧은 기간 동안 섬광 같은 사랑을 나눈 이후(post coitum), 수십 년의 세월 동안 그 사랑만을 추억하며 살다가 육체와 정신의 모든 부분이 슬픔에 점령당해 식민지가 돼 버린 한 여자(animal triste)의 이야기라는 것만 안다.

그녀는 제 나이를 모른다. 아마 백 살쯤 된 것 같다고 스스로 짐작할 따름이다. 희미해진 기억을 더듬으면서 그녀가 들려주는 이야기는 이렇다. 결혼을 했고 남편과 20년을 살았으며 딸 하나를 키웠다. 그러던 어느 날 원인 모를 발작 증세를 경험했고 그날 이후로 질서정연하던 삶에 균열이 생겨났다. 그때 그녀는 자문한다. 만일 그날의 발작으로 내가 죽었다면 나는 내 인생에서 무엇을 놓쳤다고 생각했을까, 하고. "인생에서 놓쳐서 아쉬운 것은 사랑밖에 없다. 그것이 대답이었고, 그 문장을 마침내 말로 꺼내 얘기하기 오래 전부터 이미 나는 그 대답을 알고 있었음에 틀림없다."

그로부터 1년 뒤에 그녀는 한 남자를 만나게 된다. 베를린 자연사박물관에서 일하는 그녀가, 여느 때처럼 공룡 브라키오사우르스의 뼈대 모형을 예배를 드리듯 쳐다보고 있을 때, 한 남자가 말을 건다. "아름다운 동물이군요." 그녀는 "마치 신탁을 받은 것처럼" 마음이 흔들린다. 이 남자는 내 존재의 결락이 무엇인지를 아는 사람인 것 같다. "그렇죠. 아름다운 동물이죠." 그녀가 이렇게 대답했을 때 그녀의 삶에는 지금껏 들어본 적이 없는 아름다운 음악이 울려퍼진다.

그날 이후로 두 남녀는, 각자의 가족이 있었지만, 사랑에 빠진다. "나는 사랑이 안으로 침입하는 것인지 밖으로 터져 나오는 것인지조차도 아직 알지 못한다." 사랑은 바이러스처럼 침입해서 나를 점령해 버리는 것인가. 아니면 죄수처럼 갇혀 있다가 나라는 감옥을 뚫고 나오는 것인가. 자신의 경우는 후자일 거라고 그녀는 생각한다. 그 남자, 프란츠(그녀는 그 남자의 이름을 기억하지 못한다. 그냥 프란츠라고 부를 뿐이다)를 만나면서 그녀의 사랑은 자유를 얻었다. 그러나 프란츠는 어느 날 가족에게로 되돌아가고, 그날 이후로 그녀의 삶은 멈췄다. 이제 그를 기다리는 것 외에는 어떤 일도 하지 않겠다고 결심했고 또 실천했다. 그녀의 삶은 이제 다음과 같은 일들로 이루어진다. 그가 남기고 간 안경을 몇 년 동안 끼고 살아서 자신의 눈을 망가뜨리기. "그것이 그의 곁에 머물 수 있는 마지막 가능성이었다." 혹은 마지막으로 함께 누운 침대 시트를 빨지 않고 보관해 두었다가 가끔 꺼내서 펼쳐보기. "아직도 선명하게 남아 있는 아름다운 내 연인의 정액 흔적"을 다시 보기 위해서.

이상의 내용은 이 소설의 첫 챕터에 적혀 있는 것들만을 정리한 것이다. 1년 전 일이니 분명히 기억난다. 고작 20쪽 남짓인 이 첫 챕터를 나는 몇 번에 걸쳐 쉬어가며 읽어야 했다. 심장이 세차게 뛰었기 때문이다. 그리고 20쪽을 다 읽고 나서, 이것이야말로, 내가 늘 기다리고 찾고 꿈꾸는 그런 종류의 소설이라는 것을 알았다. 어딘가에도 썼지만, '자신에게 전부인 하나를 위해, 그 하나를 제외한 전부를 포기하는' 이들의 이야기를 나는 당해내질 못한다. 이것만으로도 내게는 충분했을 것이다.

그러나 모니카 마론은 주인공 그녀의 형상 속에 2차 대전 이후 동독에서의 삶이 한 여자에게 미친 불행한 영향들을 섬세하게 새겨 넣었고, 독일의 분단과 통일이라는 역사적 격변이 개인의 삶에 가져온 엇갈림과 비틀림을 그녀 주위의 다른 인물들을 통해 포착해 내면서, 이 소설이 그리는 사랑의 사건을 역사의 사건으로 끌어올린다. 우리 내면의 모든 것이 역사라는 변수에 종속돼 있는 것은 아니라 할지라도, 소설이 한 개인의 삶을 역사의 흐름 속에서 이해하려고 노력할 때 얼마나 더 깊어질 수 있는지를 이 소설은 탄식이 나오도록 입증한다.

한편으로는 지독한 사랑과 참혹한 애도의 서사이고 다른 한편으로는 독일의 분단과 통일에 대한 섬세한 스케치인 이 소설을 모니카 마론은 최상의 산문 문장으로 끌고 나간다. 최상의 산문 문장은 고통도 적확하게 묘파되면 달콤해진다는 것을 입증하는 문장이다. 달콤한 고통이 무엇인지를 꿈과 잠의 주체인 우리는 안다. 꿈과 잠에 비유해 본다면, 그녀의 문장은, 어떤 이유에서인지 한없이 눈물을 흘리다가 탈진한 상태로 깨어나서는 한참을 더 울게 되는 그런 꿈이고, 탈진한 상태로 깨어나서 한참을 더 울다가 사랑하는 사람의 품에 안겨 그 슬픔이 달콤한 안도감으로 서서히 바뀌는 것을 느끼는 순간 다시 찾아오는 그런 잠이다.

그렇게 꿈꾸듯 잠자듯 이 소설을 읽어 나가다 보면, 불길한 예감이 적중한 듯한 결말을 만나게 되고, 이 소설의 제목에 대해서 다시 생각하게 된다. 이 작가는 어째서 'post coitum'을 지우고 'animal triste'만 남겨 놓았나. 우리가 특정한 순간에만 슬픈 것이 아니라 사실은 대체로 슬프기 때문이 아닌가. 인간은 본래 슬픈 짐승이고 우리는 모두 슬픔의 식민지가 아닌가. 이런 생각에 저항하는 일이, 요즘의 내게는 예전만큼 쉽지가 않다.

신형철의 글을 읽어 본 사람들은 그가 쓴 글이 아름답다는 말에 공감한다. 그러나 글을 새김질해 보지 않은 평자들은 글에서 눈을 뗀 후에 현란하게 글을 쓰는 필자로 신형철을 기억한다. 장식적인 수사나 미사여구 하나 찾기 힘든데도 문장을 치장하고 꾸미는 데 일가견이 있는 평론가라고 말한다.

신형철은 정확한 단어를 적확한 자리에 쓸 줄 아는 평론가다. 200자 원고지 16매 분량을 인용하고 덧붙인 평가로는 박하다고 말할지 모르겠지만, 이 말은 문장가에게 보내는 최고의 찬사다. '정확한 단어를 적확한 자리에' 이 원칙을 온몸으로 밀고 나가야만 신형철처럼 쓸 수 있다.

"이 소설의 원제목은 '아니말 트리스테(animal triste)'다."

주어와 서술어를 기본으로 삼은 문장이다. "원제목은 아니말 트리스테다"로 뼈대를 잡고 그 앞에 '이 소설의'를 붙였다. 군더더기가 없다. '본래 제목'이나 '본디 제목'이라 쓰지 않고 '원제목'이라 적은 것 역시 인상적이다. '원제'로도 쓸 수 있겠지만 [원제]는 [원죄]처럼 읽혀 어감이 나쁘다. 재차 읽어 보더라도 결점을 찾기 힘든 좋은 문장이다.

독일 작가의 독일 소설이지만 이 단어들은 라틴어다.

'이 단어들은 라틴어다'에 '독일 작가의 독일 소설이지만'이라는 절을 붙였다. 두 번째 문장만 읽어도 독자들은 『슬픈 짐승』의 저자가 독일 작가이며, 『슬픈 짐승』이 독일어로 쓰인 소설임을 안다. '아니말 트리스테(animal triste)'가 라틴어임을 말하고자 쓴 문장이지만 꼭 밝혀야 할 정보들을 추가하여 문장의 리듬을 다듬고 글을 압축시켰다. 효율적으로 줄여 쓴 문장이다.

> 나는 라틴어를 모르지만 이 단어가 들어있는 오래된 관용구 하나를 알고 있다. '옴네 아니말 트리스테 포스트 코이툼(omne animal triste post coitum)'. 즉, '모든 짐승은 교미를 끝낸 후에는 슬프다.'(움베르토 에코의 『장미의 이름』에서 풋내기 수도사 아드소는 야생적인 소녀와의 첫 경험 이후 '욕망의 허망함과 갈증의 사악함'을 최초로 실감하면서 저 관용구를 상기한다.)

글의 첫 문장에 작품의 원제목을 밝혀 적은 이유가 드디어 나왔다. '옴네 아니말 트리스테 포스트 코이툼(omne animal triste post coitum)'이 관용구 이야기를 하려고 첫째 문장부터 '원제목' 이야기를 꺼낸 것이다. '아니말 트리스테(animal triste)'와 인용한 관용구는 몇 단어가 겹친다는 것 말고는 관계가 뚜렷하지 않다. 이 글 전체가 관용구를 구심점 삼아 움직이는 만큼 관계를 명확히 밝히는 일이 중요하다. 신형철의 「그녀, 슬픔의 식민지」는 이 관용구와 『슬픈 짐승』 사이의 관계를 암시하며 시작하고, 증명하며 끝나기 때문이다.

사실 "나는 라틴어를 모르지만"은 불필요하다. '나'를 밝히길 꺼려하는 글쓴이라면 굳이 쓰지 않을 표현이다. 젠체하는 표현이 아니니 눈에 거슬리지는 않는다. 이 정도는 문체와 기호의 차이라고 봐도 무방하다.

구글에 'animal triste'를 검색하면 'post coitem omne animal triste est'나 'Post coïtumanimal triste'가 바로 보인다. 신형철이 '구글을 이용했는가, 그렇지 않은가'는 중요하지 않다. 검색해서 정보를 찾더라도 신형철처럼 관계가 없는 말들을 이어 논리로 엮어낼 수 있는 능력이 중요하다.

혹은 더 리듬감을 살려 'post coitum, animal triste'라고 쓰는 경우도 있다. 그리고 이것이 모든 짐승의 보편적인 진실이 아니라 인간이라는 짐승만의 특수한 진실이라는 듯이, '섹스가 끝나면, 인간은 슬프다'로 번역하기도 한다.

모니카 마론이 이 관용구를 염두에 두고 제목을 정한 것인지 아닌지 나는 모른다. 다만 이 소설이, 중년의 나이에 짧은 기간 동안 섬광 같은 사랑을 나눈 이후(post coitum), 수십 년의 세월 동안 그 사랑만을 추억하며 살다가 육체와 정신의 모든 부분이 슬픔에 점령당해 식민지가 돼 버린 한 여자(animal triste)의 이야기라는 것만 안다.

'슬픈 짐승'은 '모든 짐승은 교미를 끝낸 후에는 슬프다'로, 최종적으로는 '섹스가 끝나면, 인간은 슬프다'로 확장된다. 첫 문단에서는 '슬픈 짐승'이라는 제목을 글에 맞게 의미를 부여하고 변형시킨다.

둘째 문단의 첫째 줄은 '모른다'로 끝난다. 모니카 마론이 관용구를 염두에 두고 '슬픈 짐승'이라는 제목을 붙였다면 이 글은 작가의 숨은 의도를 간파한 글이 될 테지만, 작가의 의도는 불분명하고 사실 중요하지 않다. 둘째 줄에서 '모른다'와 '안다'를 대비시키면서 암시는 선언이 된다. "이 소설은 한 남자와의 짧은 사랑 후에 슬픔에 잠식된 한 여자의 이야기다" 신형철은 소설을 규정하고 단정한다.

'섬광'은 예외라 치더라도 '특수한'이나 '점령당해 식민지가 돼 버린'은 필자들이 선호하지 않는 꾸밈말이다. 단어만으로는 부드러운 맛이 없다. 수필보다는 에세이에, 에세이보다는 논문에 잘 어울릴 만한 단어들이다. 그러나 '특수한 진실'은 신형철의 글에 박히면서 새로운 질감과 의미를 갖는다. 적확한 표현이라 그렇다. '특수한'이 빠지면 의미가 바로 서지 않는다. '육체와 정신의 모든 부분이 슬픔에 점령당해 식민지가 돼 버린'만큼 소설의 주인공을 분명하게 규정하는 말이 없다. 간혹 보이는 꾸밈말이 논리를 구축하고 문장의 의미를 선명하게 하는 구심점 역할을 한다. '차오르는 말'이다.

신형철이 쓴 문장은 결코 짧지 않다. 위의 네 문장은 각각 44자, 65자, 33자, 116자다. 인용문이 길고, 단문-장문-단문-장문으로 리듬을 살렸다는 점을 고려하더라도 문장이 긴 편이다. 특히 마지막 문장은 유독 길다. '단문 쓰기'를 강조하는 요즘 100자가 넘는 문장은 실격이다. 그러나 이토록 긴 문장인데도 술술 읽힌다. 막힘이 없다. 신형철은 '모른다'와 '안다'를 대비(對比)시키는 장문을 썼고, 의미를 선명하게 밝히는 데 성공했다. 장문이지만 흐르듯 읽힌다. 쉽표를 적절히 찍어 읽기에 부담이 없다. 단문을 기본으로 쓰더라도 장문이 좀 더 효과적이라 생각한다면 장문으로 써도 무방하다. 그저 읽히도록 쓰면 된다.

이상의 내용은 이 소설의 첫 챕터에 적혀 있는 것들만을 정리한 것이다. 1년 전 일이니 분명히 기억난다. 고작 20쪽 남짓인 이 첫 챕터를 나는 몇 번에 걸쳐 쉬어가며 읽어야 했다. 심장이 세차게 뛰었기 때문이다. 그리고 20쪽을 다 읽고 나서, 이것이야말로, 내가 늘 기다리고 찾고 꿈꾸는 그런 종류의 소설이라는 것을 알았다. 어딘가에도 썼지만, '자신에게 전부인 하나를 위해, 그 하나를 제외한 전부를 포기하는' 이들의 이야기를 나는 당해내질 못한다. 이것만으로도 내게는 충분했을 것이다.

줄거리 부분에서는 많은 작가들이 줄거리를 길고 지루하게 쓴다는 것 말고는 할 이야기가 없다. 여느 줄거리와 다르게 이 글에서는 세 문단에 걸친 줄거리가 글의 긴장을 늦추지 않는다. 인용과 해석이 조화롭게 섞인, 이미 소설을 읽은 이와 아직 소설을 읽지 못한 이 모두 읽을 만한 줄거리이다. 특히 인용한 문장이 돋보이게끔 한 발짝 물러선 표현들은 일품이다.

이상의 내용은 이 소설의 첫 챕터에 적혀 있는 것들만을 정리한 것이다.

이 문장은 아쉽다. 따로 설명하지 않더라도 줄거리가 끝나는 부분이란 걸 알 수 있는데 배려가 지나쳤다. 특히 '이상의 내용'이라고 구태여 밝힐 이유가 없었다. '이 소설의 첫 챕터 내용이다' 정도로도 충분했을 것이다.

1년 전 일이니 분명히 기억난다. 고작 20쪽 남짓인 이 첫 챕터를 나는 몇 번에 걸쳐 쉬어가며 읽어야 했다. 심장이 세차게 뛰었기 때문이다. 그리고 20쪽을 다 읽고 나서, 이것이야말로, 내가 늘 기다리고 찾고 꿈꾸는 그런 종류의 소설이라는 것을 알았다.

이 글에서 돋보이는 구절 가운데 하나가 "고작 20쪽 남짓인 이 첫 챕터를 나는 몇 번에 걸쳐 쉬어가며 읽어야 했다"이다. 이 문장에서 신형철은 소설이 멋지다거나 뛰어나거나 완성도가 높다고 말하지 않는다. 소설을 읽으면서 세차게 심장이 뛰는 터라 끊어서 읽었다고만 말한다. 이 절제된 문장을 읽으면 이 소설을 찾아 읽지 않고는 배길 수가 없다. 참신한 표현 하나는 백 마디 진부한 미사여구보다도 글을 아름답게 만든다.

어딘가에도 썼지만, '자신에게 전부인 하나를 위해, 그 하나를 제외한 전부를 포기하는' 이들의 이야기를 나는 당해내질 못한다. 이것만으로도 내게는 충분했을 것이다.

본인이 쓴 문장을 가져오면서도 '어딘가에도 썼지만'이라고 단서를 단다. '이 문장만큼 내 생각과 느낌을 정확하게 전달하는 말이 없어 다시 쓸 수밖에 없었다'고 속삭이는 문장이다. "자신에게 전부인 하나를 위해, 그 하나를 제외한 전부를 포기하는"은 적절하게 쓴 대구로 의미를 확장시킨 좋은 문장이다. 특히 안긴문장이 길어지자 주어와 목적어의 위치를 바꿔준 요령이 빛난다.

그러나 모니카 마론은 주인공 그녀의 형상 속에 2차 대전 이후 동독에서의 삶이 한 여자에게 미친 불행한 영향들을 섬세하게 새겨 넣었고, 독일의 분단과 통일이라는 역사적 격변이 개인의 삶에 가져온 엇갈림과 비틀림을 그녀 주위의 다른 인물들을 통해 포착해 내면서, 이 소설이 그리는 사랑의 사건을 역사의 사건으로 끌어올린다.

한 문장이다. 역시 길다. 글을 많이 써본 필자가 아니라면 한 문장을 이토록 길게 쓰면서도 문법을 어기지 않고, 효과적으로 의미를 전달하기란 쉽지 않다. 특히 '섬세하게 새겨 넣다', '엇갈림과 비틀림' 같은 표현이 자칫 늘어질 수 있는 문장을 적절하게 빛낸다. 단문은 장점이 많지만, 좋은 장문 역시 장점이 많은 법이다. 우선은 단문을 잘 쓰는 법부터 연습하고 이후에 쉽게 읽히는 장문을 쓸 수 있도록 노력해야 한다.

소설이 한 개인의 삶을 역사의 흐름 속에서 이해하려고 노력할 때 얼마나 더 깊어질 수 있는지를 이 소설은 탄식이 나오도록 입증한다.

이 문장 역시 주어와 목적어의 위치를 바꿔서 주어와 술어를 알기 쉽게 배치한 문장이다.

한편으로는 지독한 사랑과 참혹한 애도의 서사이고 다른 한편으로는 독일의 분단과 통일에 대한 섬세한 스케치인 이 소설을 모니카 마론은 최상의 산문 문장으로 끌고 나간다.

'지독한 사랑과 참혹한 애도'는 형태가 비슷한 구를 병렬적으로 배치한 표현이다. '지독한'이 참신하면서도 정확하다. 신형철은 '정확한 사랑의 실험' 같이 사랑과는 좀처럼 어울리지 않을 법한 표현들을 사랑에 덧붙이곤 하는데, 이 역시 '신형철다운' 글을 만든다.

최상의 산문 문장은 고통도 적확하게 묘파되면 달콤해진다는 것을 입증하는 문장이다.

'달콤하다' 말고는 달콤한 표현이 없다. 적확(的確), 묘파(描破), 입증(立證) 모두 억센 말이다. 만약 날 단어의 어감을 고려해 피했더라면 이처럼 정확하고 참신한 문장은 쓸 수 없었을 것이다. 정확하게 쓰려다 보니 아름답게 써진 문장. 신형철은 타오르는 말로 애써 장식한 문장이 아니라 차오르는 말로 논리를 확장시키는 문장을 쓴다.

다만 '묘파되다'는 불필요한 피동 표현임으로, '묘파하다'로 바꿔 쓰는 게 바람직하다.

달콤한 고통이 무엇인지를 꿈과 잠의 주체인 우리는 안다. 꿈과 잠에 비유해 본다면, 그녀의 문장은, 어떤 이유에서인지 한없이 눈물을 흘리다가 탈진한 상태로 깨어나서는 한참을 더 울게 되는 그런 꿈이고, 탈진한 상태로 깨어나서 한참을 더 울다가 사랑하는 사람의 품에 안겨 그 슬픔이 달콤한 안도감으로 서서히 바뀌는 것을 느끼는 순간 다시 찾아오는 그런 잠이다.

마지막 문장에서는 '꿈이고', '잠이다'를 병렬적으로 배치했다. 대구는 이 글에서도 반복해 쓴 수사법으로, 따라 써 보면 글쓰기에 큰 도움이 될 것이다.

그렇게 꿈꾸듯 잠자듯 이 소설을 읽어 나가다 보면, 불길한 예감이 적중한 듯한 결말을 만나게 되고, 이 소설의 제목에 대해서 다시 생각하게 된다. 이 작가는 어째서 'post coitum'을 지우고 'animal triste'만 남겨 놓았나. 우리가 특정한 순간에만 슬픈 것이 아니라 사실은 대체로 슬프기 때문이 아닌가. 인간은 본래 슬픈 짐승이고 우리는 모두 슬픔의 식민지가 아닌가. 이런 생각에 저항하는 일이, 요즘의 내게는 예전만큼 쉽지가 않다.

앞 문단에서 '꿈이고', '잠이다'를 썼으니, '꿈꾸듯 잠자듯'으로 받았다.

글의 첫 문장에서 이 작품의 원제목에 집중한 신형철은 이제 거침없이 "이 작가는 어째서 'post coitum'을 지우고 'animal triste'만 남겨 놓았나"라고 말한다. 『슬픈 짐승』을 쓴 모니카 마론이 'Post coïtum animal triste'이란 ~~관용구~~를 염두에 두지 않고 제목을 썼을 거란 생각은 털어버린 지 오래다. 독자에게도 이미 두 표현은 떼려야 뗄 수 없는 말이다. 점진적으로 논리를 쌓아올린 신형철의 글을 읽으며 자연스럽게 설득된 거다. 공감하고 감화됐다는 표현이 좀 더 적절하리라.

"첫 문장과 마지막 문장은 신의 선물"이라는 말이 있을 정도로 쓰기 힘든데, 이 글의 마지막 문장은 정말로 신의 선물일 수 있겠다 싶을 만큼 매력적이다. 신형철이 쓴 마지막 문장이 '신의 선물'이라면, 쉼표는 '신의 한 수'다. 적절하게 찍은 쉼표가 문장을 힘겹게 토해낸 고백처럼 만든다.

윤진숙, 당신은 나의 스승입니다 / 서민

초등학교 시절 내 주변에는 친구가 거의 없었다. 못생긴 외모와 말 한마디 하는 것조차 어려움을 겪던 말주변 때문이었는데 그 당시 유머 감각이 뛰어난, 그래서 늘 여자들 틈에 둘러싸여 다니던 친구는 내 부러움의 대상이었다.

내가 유머에 뜻을 두고 수십 년을 정진하게 된 것도 그때 겪었던 외로움이 너무 컸던 까닭이었다. 좋은 스승 밑에서 배우는 대신 혼자서 유머를 연마했기에 수련시간에 비하면 유머가 별로 대단치 않지만, 그래도 하루에 한 번씩은 주변 사람들을 웃길 수 있다는 것에 만족하며 하루하루를 산다.

유머수련을 하면서 세 가지 원칙을 세웠는데, 그 첫 번째는 '자신은 절대 웃지 마라'다. 자기가 웃겨 놓고 자기가 더 크게 웃는 사람은 진수성찬을 차려 사람들을 초대한 후 자기가 다 먹어버리는 사람과 같다.

두 번째, '무식을 가장한 유머는 구시대적이다'. 영구의 시대는 갔다. 요즘 개콘에서 뜨는 박영진을 보시라. 깨알 같은 말로 핵심을 찔러 웃음을 유발하지 않는가. 공부하는 자만이 고차원적인 웃음을 줄 수 있다.

셋째, '오버하지 말자.' 너무 웃기려는 티가 역력하면 사람들이 웃기보다는 오히려 거부감을 느끼기 마련. 오버보단 다소곳한 유머가 제일이다.

장관에 임명되는 사람들의 언행은 뜻밖의 웃음을 준다. 전혀 그럴 것 같지 않은 사람들이 웃긴다는 그 의외성이 웃음의 포인트. 개인적으로 기억나는 대박 웃음 중 하나는 1999년 자민련 몫으로 해양수산부 장관이 된 정상천의 말이다. 그는 아무리 봐도 전문성이 없다는 기자의 질문에 이렇게 대답했다. “평소 생선 반찬을 좋아한다”

비웃는 말이 아니라 그 말을 들었을 때 난 “모든 사람이 이 정도의 유머 감각만 갖춘다면 사회가 아름다워질 것”이라고 생각했다. 해수부 장관이 생선반찬을 좋아하니까 전문성이 있다니. 얼마나 기발한가.

두 번째로 기억나는 장관은 땅투기 의혹이 일자 “자연의 일부인 땅을 사랑한다”라고 했던 환경부 박은경 내정자였다. 환경부장관 〉 땅투기 〉 땅사랑, 정말 어떻게 이런 멋진 유머를 할 수 있는지 부러움마저 일었다.

하지만 이 두 명 모두 이번에 해수부 장관에 임명될 것이 유력시되는 윤진숙 내정자에 비하면 명함도 내밀지 못할 정도다. 오죽하면 그의 청문회 동영상이 개그콘서트보다 재미있다고 하겠는가.

윤진숙으로 인해 난 평생 지키고자 했던 저 원칙들이 하나도 쓸모없다는 걸 알게 됐다.

1) 자신은 웃지 마라

김춘진 의원(민) : 우리 어업 GDP 비율은 아세요?

윤진숙 내정자 : GDP요? 정확히 모르겠습니다. 하하하.

하태경 의원(새) : 해양수도가 되기 위한 비전이 뭡니까?

윤진숙 내정자 : 해양- ㅋㅋㅋ

윤 내정자의 해맑은 웃음을 보면서 난 웃겨 죽는 줄 알았다. 생각해보니 웃음은 연쇄효과가 있는지라 한 명이 웃으면 괜히 따라 웃게 되니. 자기 유머에 자기가 웃는 것도 때에 따라선 필요한 법이다. 유머프로그램에서 잘 웃는 여성들을 방청객으로 쓰는 것도 이런 이유, 앞으로는 허벅지를 꼬집는 대신 내키는대로 웃을 생각이다.

2) 무식을 가장하지 마라

경대수 의원(새) : 지금 수산업의 중점 추진 분야는 뭔가요?

윤진숙 내정자 : 지금 답변하는 것은 곤란합니다.

김춘진 의원(민) : 수산은 전혀 모르나요?

윤진숙 내정자 : 전혀 모르는 건 아니고요.

김춘진 의원(민) : 큰일 났네.

하태경 의원(새) : 부산항 개발 예산은 어느 정도로?

윤진숙 내정자 : 부산 북항 재개발인가, 공부 해놓고 잊어버렸네요.

홍문표 의원(새) : 지금 항만 권역이 몇 개죠?

윤진숙 내정자 : 항만 권역이요? 권역까지는 잘…….

홍문표 의원(새) : 전부 모르면 어떻게 하려고 여기 오셨어요?

김재원 의원(새) : 서면 질문을 했는데 답변서는 아무래도 본인이 직접 쓰시지는 못했죠?

윤진숙 내정자 : 네.

김재원 의원(새) : 읽어보긴 다 읽어봤나요?

윤진숙 내정자 : 다는 못 읽어보고. 어떤 거는 읽어보고 못 읽어본 것도 있습니다.

김재원 의원(새) : 못 읽어보면 어떻게 하나요.

이 대화록에서 보듯 윤진숙은 두 번째 원칙마저 가뿐히 제껴 버린다. 그럼에도 불구하고 막상 보면 굉장히 웃긴다. 그간 윤진숙이 쌓은 경력이 허당이 아니라면, 윤진숙은 일부러 웃기려고 무식을 가장한 것, 새삼 깨닫는다. 시대가 더 많은 지식을 필요로 할수록, 바보 흉내를 내는 사람이 더 많이 필요하다는 것을.

3) 오버하지 말자

다소곳한 유머도 윤진숙에겐 필요 없다. 그녀는 아예 웃기려고 작정한 듯 모든 답변에서 오버를 한다. 그럼에도 불구하고 너무나 웃긴다. 그녀를 어찌 유머의 신이라 부르지 않을 수 있겠는가. 윤진숙에게 모래 속의 진주라고 한 대통령의 혜안이 정말이지 돋보인다.

여기에 더해 윤진숙은 다른 이의 주무기를 활용하는 것도 서슴지 않는다. 청문회를 시작하기 전 윤진숙의 말, "떨리는 건 별로 없고요. 죄

송합니다. 떨려야 한다고 해야 하는데, 제가 워낙 발표같은 걸 많이 했기 때문에….”

하지만 동영상이 대박을 치고 난 다음에는 이렇게 말한다. “저로서는 경험해 보지 못한…당황해서 충실한 답변을 못드려 송구….” 컬투가 자주 구사했던 ‘그때그때 달라요’가 아닌가. 그녀를 보고 나니 수십 년간의 수련은 말짱 헛것이었다. 윤진숙, 난 앞으로 그녀를 스승으로 모실 것이다.

윤진숙 전 장관은 2013년 4월부터 2014년 2월까지 약 10개월간 해양수산부 장관을 역임했다. 당시 별다른 문제없이 청문회를 통과할 거란 예측과는 다르게 기본적인 질문에도 제대로 답하지 못해 자질 논란에 휩싸였다. 윤 장관 임명은 미국 방문 중 20대 인턴 여성을 성추행했다는 윤창중 대변인 임명과 더불어 박근혜 대통령의 실패한 인사(人事) 사례로 손꼽힌다. 결국 윤진숙 장관은 여수 기름 유출 현장에서 한 “심각하지 않은 것으로 생각했는데…….”라는 말실수와 더불어 손으로 코를 막는 행동으로 구설수에 올랐고 결국 경질되고 만다.

윤진숙 내정자의 인사청문회 영상을 본 누구도 윤진숙이 장관 적임자라고 생각하지 않았다. 인사청문회 직후 윤 내정자를 대상으로 한 칼럼은 ‘자질이 부족하다’거나 ‘인사청문회에 임하는 태도가 불성실했다’고 뜻을 모을 수밖에 없었다. 이처럼 작가들은 독특한 관점을 제시하거나 새로운 답변을 내놓기 힘든 사안으로 글을 써야 할 때가 많다. 서민 교수는 모두가 답을 알고 있는 질문에 '반어'와 '유머'로 답한다.

이 글에서 서민은 윤진숙 내정자의 자질이 부족하다거나 인사청문회에 임하는 태도가 불성실하다고 비판하지 않는다. 다만 그녀를 '유머의 스승'으로 드높인다. '횡설수설'과 '어영부영'으로 인사청문회 자리를 세간의 구경거리로 만들었으니 이만큼 훌륭한 유머의 스승이 어디 있겠느냐며 너스레를 떤다. 익살스럽게 비꼰다. 다른 반어들이 냉소적이라면 서민의 글은 반어적이면서도 차갑지 않다. 한바탕 웃고 넘기자고 옆구리를 쿡쿡 찌르는데 머리를 식히고 따져볼 여력이 어디 있겠는가. 웃기면 웃어야지.

유머러스한 글은 익살스럽고 재치 있는 동시에 강력하다. 유머는 상대에게 반박할 기회를 주지 않는다. '웃자고 한 이야기에 죽자고 덤벼든다'는 말만큼 상대를 무안하게 만드는 질책도 없다. 모두가 한바탕 웃고 있는 상황에서 혼자 정색하고 논박하는 건 달려오는 기차를 몸을 던져 막으려는 것만큼 무모하다. 웃기면 웃어야 한다. 그러지 않으면 웃음거리가 된다.

서민은 반어를 온몸으로 밀고 나간다. 부엌을 엉망으로 만든 아들에게 '잘한다 잘해'라고 말하는 소극적인 반어가 아니다. '윤진숙 장관은 인사청문회를 웃음거리로 만들 만큼 형편없었다'는 말을 '그녀를 유머의 스승으로 삼으려 한다'고 길게 말한다. 글 전체가 반어다.

반어는 강력한 무기지만 논박이나 서술에는 적합하지 않다. 특정 대상이나 사안의 현상을 보여주고, 원인을 분석하고, 해결책을 제시하는 글과는 성격 자체가 다르다. 빈정대고, 비꼬고, 비웃기. 반어가 노리는 건 냉소든, 고소(苦笑)든 어쨌든 웃음일 뿐이다.

이런 '겸손한 제안' / 김선주

…태어날 때 주민등록번호를 부여받듯 일생 동안 쓸 탄소배출량을 지정받는다. 부자나 가난한 자나 공평하게 일정한 양만 배정받는 거다. 각자의 수명은 예상할 수 없으니까 평균수명 만큼씩만 계산해서 준다. 일찍 죽은 사람의 탄소배출량은 거래가 되고, 가난한 사람은 피를 팔듯 탄소배출량을 부자들에게 조금씩 판다. 자신이 배출한 탄소량을 다 쓰고, 그걸 살 돈이 없으면, 당연히 죽을 수밖에 없다….

제설 작업 하느라 바빠선가 쓰레기를 수거해 가지 않아 골목마다 쓰레기가 쌓였다. 춥다고 하루 종일 보일러를 틀어 놓았다. 하루 세끼 먹고 사는데 이렇게 쓰레기가 많이 나오나, 이렇게 에너지를 많이 써야 하나 궁리를 하다가 뭉게뭉게 상상력이 발동했다. 지구온난화 대처 방안으로 누구나 탄소배출량을 배정받고 태어나도록 해야 한다는 글을 본 적이 있어서다. 유럽에선 공장마다 탄소배출량을 배정받고 그 이상 쓰면 다른 공장의 탄소배출량을 사다 써야 한다는데, 미래에 이런 법이 개인에게도 적용되지 말란 법이 없다.

온난화 문제와 더불어 저출산도 지구적 문제다. 아이들이 미래의 자원이자 노동력이라며 출산장려책을 쓰고 있지만, 정작 아이 낳을 사람들은 출산비 보조나 교육비 보조에 꿈쩍도 안 한다. 개발도상국이나 교육받은 인구가 많은 나라의 공통되는 현상이다.

이렇게 '겸손한 제안'을 한번 해본다.

…아이가 태어나면 국가는 성인이 되어 낳을 아이 수를 공평하게 지정해 준다. 결혼할 때가 되면 아이를 낳아 기르고 교육시키고 결혼시키고 직장을 얻게 해주고 재산을 얼마나 물려줄 수 있는가를 심사해서 아이 수를 다시 결정한다. 재벌 아들과 재벌 딸이 결혼하면 그 부의 정도에 따라 백 명을 낳아라, 천 명을 낳아라 할 수 있다. 자녀 수는 권리이자 의무이다. 그러나 일부일처제가 법으로 규정되어 있으면 한 부부가 낳을 수 있는 자녀의 수가 한정된다. 국가의 미래가 달린 일인데 일부다처가, 일처다부가 대수이겠는가. 부자 남자는 가난한 여자를, 부자 여자는 가난한 남자를 여럿 거느리고 의무 자녀 수를 채워야 한다. 그렇게는 죽어도 못 한다고 하면 의무 자녀 수만큼 세금을 내게 한다. 몰락한 집안의 아이들을 사오는 방법도 있겠다. 아이를 판 사람은 그 돈으로 재산을 늘려 다시 아이를 낳을 수도 사올 수도 있다. 의무 자녀 수보다 더 키우는 사람에겐 세제 혜택을 왕창 준다. 어차피 승자독식의 세상이니까. 세상의 아이들은 전부 부자의 아이들이 될 것이고 가난한 사람들은 아이를 낳지 않으니까 가난은 당대에서 끝나고 세습되지 않을 것이고… 살지도 않는 집을 수십 채씩 사두는 것보다 아이를 사서 키우는 일이 도덕적으로 국가적으로 낫다는 캠페인을 벌이는 것도… 그리고 세상엔 부자만 살아남았다는… 해피엔딩 아니겠는가….

조너선 스위프트는 1700년대에 「겸손한 제안」이라는 통렬한 에세이를 썼다. 아일랜드 출신인 그는 아일랜드의 아이들을 포동포동하게 살찌워서 영국 귀족에게 식품으로 팔자는 제안을 했다. 아일랜드의 가난도 해소하고, 잉글랜드인들이 못 잡아먹어서 안달인 아일랜드인들도 합법적으로 제거할 수 있으니 일거양득이 아니겠느냐고 했다. 영화 〈아바타〉를 보면서도 느낀 것이지만 풍자소설이나 공상과학판타지 영화는 그냥 나오는 것이 아니다. 현실에서 소재를 가져오는 것이고 현실에 대한 발언이자 고발이고 경고이다.

이런 글을 쓰게 된 것은 길이 미끄러워서 집안에 틀어박혀 책과 텔레비전, 영화를 끼고 뒹구는 동안 헛것도 많이 보고 판타지 내공도 부쩍 늘어난 때문이다. 어제 아침에 대통령이 '우리 모두'의 대통령이 되고 싶으시다는 듯한 발언을 하셨다. 그 양반의 판타지 내공도 만만찮은 듯하다.

2010년 1월 한겨레에 실린 김선주의 「이런 '겸손한 제안'」 전문이다. 이명박 대통령의 신년 국정연설을 듣고 난 소회를 적은 글이다. 200자 원고지 9매 글에서 김선주가 하려는 말은 마지막 한 줄이 전부다. '모두의 대통령이 되고 싶다니, 꿈도 참 야무지다' 이 말을 하기 전에 김선주는 '겸손한 제안'을 한다. 국가가 개인에게 일생 동안 쓸 탄소배출량을 할당해 준다거나 아이 수를 정해 준다거나 하는 과격한 정책들이다. 이 제안을 곧이곧대로 받아들일 사람은 없다. 태어날 때 탄소배출량을 지정받고, 그 탄소배출량을 다 쓰면 죽어야 하는 사회라니. 생각만으로도 끔찍하다. 자녀 수를 지정해 주는 정책은 어떤가. 의무 자녀수를 채우지 않으면 세금을 물거나 아이를 입양해야 한다니. 인간을 가축쯤으로 생각하지 않는 한 받아들이기 힘든 제안이다. 아일랜드의 아이들을 식량으로 팔아넘겨 실업률을 극복하자는 스위프트의 제안처럼 말이다.

생각해 보자. 탄소배출량에 제한이 없으니 부자들은 개인이 일생 동안 배출하는 탄소의 수만 배를 무료로 배출한다. 이렇게 배출한 탄소는 환경을 오염시키고, 환경오염으로 인한 피해는 고스란히 개인들에게 돌아간다. 부자들은 아무런 보상도 해주지 않는다. 다수의 고통은 가벼운 성장통으로 치부한다. 이런 부자들은 탄소배출량을 줄이는 기술이 개발된다 해도 선뜻 초기 투자비용을 감수하면서 도입할 생각을 않는다. 탄소배출량을 제한하려는 법이 국회를 통과할 조짐이 보이면 각종 로비로 법률 제정을 막는다.

또 생각해 보자. 국가에서 적극적으로 출산장려책을 펼치지만 젊은 부부들은 아이 낳을 생각을 않는다. 낳더라도 외동딸, 외동아들로 만족하는 부부들이 많다. 맞벌이 부부들에게 육아는 큰 부담이고, 아이가 초등학교에 입학하면서부터 지출해야 할 교육비는 천문학적이다. 국가가 출산장려책을 펼친다지만 육아휴직 제도는 여전히 미흡하고, 교과서만 보고 공부하기에 교과서 밖 세계는 냉혹하다. 상황이 이러니 아이를 둘, 셋 낳아 기르는 건 욕심이다.

김선주의 '겸손한 제안'은 충분히 끔찍하지만, 현실은 충분히 참혹하다. 우리는 일상의 비정상성을 느끼지 못하고 있는 걸지도 모른다. 김선주는 말도 안되는 제안으로, 말도 안 되는 사회를 풍자한다. 이 와중에 대통령이란 사람은 '우리 모두의 대통령'이 되고 싶다고

하다니, 기가 찰 노릇이다.

김선주는 한참 이야기하더니 집에만 갇혀 있었더니 헛소리가 늘었다고 너스레를 떤다. 그리고는 마지막 문장에서 대통령도 나만큼 헛소리가 심한 듯하다고 일침을 가한다. 글을 쭉 읽으면서 '뭔 소리 하는 거야' 싶던 독자들은 마지막 문장에 가서야 무릎을 친다. 브라이언 싱어가 순간의 반전을 위해 〈유주얼 서스펙트〉 전체를 거짓 자백으로 채웠다면, 김선주는 마지막 한 문장을 위해 「이런 '겸손한 제안'」 전체를 헛소리로 채운다.

글쓰기가 늘 '현상 파악, 원인 분석, 해결책 제시' 순서를 따라 이뤄지는 건 아니다. 좋은 작가는 한 문장의 강력한 선언을 위해 나머지 문장을 포석 삼아 글을 쓸 줄도 알아야 한다. 완당 김정희는 '난초를 그림에 법이 있어도 안 되고 법이 없어도 안 된다(寫蘭有法不可無法亦不可)'고 말했다. 글을 쓰는 일 역시 난초를 그리는 일과 크게 다르지 않다.

난초를 그림에
법이 있어도 안 되고
법이 없어도 안 된다.

준이

작가는 다른 사람들보다 글쓰기를 어려워하는 사람이다.

-토마스 만

4부

상식 밖의 글쓰기

단문밖에 모르는 바보가 돼라

"짧게. 부디 짧게 쓰자" 글쓰기에 자신이 없다면 가급적 문장을 짧게 써야 한다. 문장이 길어지면 문장성분들 간의 호응이 어긋나고, 논지가 흐려지기 쉽다.

오해하지 말자. 이 말은 짧은 문장이 긴 문장에 비해 절대적으로 좋다는 말이 아니다. 잘 쓴 장문은 장점이 많다. 단문에 비해 정보를 압축적으로 제시한다. 노련한 작가는 단문과 장문을 번갈아 쓰며 호흡과 리듬을 조절할 줄 안다. 그런 글은 꿈틀대고 약동한다.

그러나 글쓰기가 어렵다면 '장문'은 생각하지 말자. 단문밖에 모르는 바보가 돼라. 생각을 잘게 쪼개서 문장을 짧게 쓰자. '눈이 내리고 길은 얼어 아이들이 엄마 손을 꼭 잡고 걷는다'면 '눈이 내린다. 길은 얼었다. 아이들은 넘어지지 않으려 엄마 손을 꼭 잡고 걷는다'처럼 생각을 잘게 쪼개 적어야 한다. 한 문장에 두 개 이상의 생각을 담지 않는다면 문장은 절대로 길어지지 않는다.

문장이 길어지면 허리를 끊고 호흡을 가다듬어라. 단문들을 자연스럽게 연결하는데 집중하자. 글쓰기는 그것만으로도 충분하다.

말을 말답게, 글을 글답게

시간이 지나면 기능을 잃어버리는 말들이 있다. 이별한 연인과 주고받은 연애편지처럼 온기를 잃은 말들. 작아진 아이 옷처럼 자연스레 잊히는 말들이다.

"말하듯 쓰자"는 말 역시 그렇다. "난초를 그리는 데 법이 있어도 눈이 내린다.

길은 얼었다.

아이들은 넘어지지 않으려

엄마 손을 꼭 잡고 걸었다.

안 되고 법이 없어도 안 된다"는 말을 "寫蘭有法不可無法亦不可(사란유법불가무법역불가)"라 쓰던 시기에나 유효했던 말이다. 카카오톡이나 페이스북에서 말하듯 글을 쓰는 데 익숙한 우리들에게 "말하듯 쓰자"는 말은 더 이상 문장론의 원칙이 될 수 없다. 말과 글이 너무나 달랐던 한 세기 전의 구호를 말과 글이 너무나 같아 고민인 세대가 그대로 받아들이면 오해가 생긴다.

명심하자. 말은 말이고, 글은 글이다. 글을 글답게 쓰는 방법을 배우고 익혀야 온전한 글을 쓸 수 있다. 이제 우리가 해야 할 일은 말을 '말답게' 하고, 글을 '글답게' 쓰는 일이다.

글쓰기는 기술이다

글쓰기는 예술이 아니다. 그저 기술이다. 나무를 깎아 선반을 조립하는 것처럼 단어를 다듬어 문장을 엮는 행위다.

"예술적 영감의 신 뮤즈가 여러분의 책상에 너울너울 날아들어 타자기나 컴퓨터에 마법의 가루를 뿌려주는 일은 결코 없다" 소설가 스티븐 킹의 말이다. 그의 말처럼 글은 재능이나 영감으로 쓰는 게 아니다. 그저 한 단어씩 쓰는 것이다. '마법의 가루'나 '뮤즈의 속삭임'은 대체로 허구다. 작가들은 한 단어를 적고, 사전을 검색하고, 보다 정확한 말이 없는지 찾아보고, 고치고, 읽고, 다시 단어를 찾는 일을 반복한다. 그렇게 한 단어씩 쌓아 올리며 글을 쓴다. 이 무모하리만치 더디고 지난한 노동에는 재능이 아니라 성실함이 필요하다.

글쓰기가 예술이라는 편견을 버리면 누구나 좋은 글을 쓸 수 있다. 그저 좋은 문장론 교재와 성실함만 있으면 된다.

글쓰기는 어렵다

당신에게도 글쓰기가 힘들다면 정말로 다행이다. 그렇다면 당신은 제대로 글을 쓰고 있는 것이다.

"작가는 다른 사람들보다 글쓰기를 어려워하는 사람이다" 토마스 만의 말이다. 과장도 꾸밈도 없이 말하건대 이 말은 절대적으로 옳다. 글쓰기는 힘든 일이며, 한 문장을 막힘없이 써 내려가는 경우는 여간해선 없다. 많은 작가들은 이따위 글은 세상에 나오지 말아야 한다는 좌절감에 푹 젖어 글을 쓴다. 나 역시 그렇다. 그러니 당신에게도 글쓰기가 어렵다면 정말로 다행이다. 그건 글쓰기가 정말로 어렵기 때문이다.

나불거리지 말고 끄적거려라

글은 써야 는다. 대체로 많은 필자들이 이 사실을 애써 모른 척한다. 하루에 문장 한 줄 쓰지 않으면서도 작문 이론을 배우거나 책을 읽는 일로 글쓰기 훈련을 하고 있다고 착각한다. 작문 이론을 배우거나 책을 읽은 시간은 엄밀히 말하자면 '글을 쓰지 않은' 시간이다. 그러므로 이 시간은 간접적이고 암시적이다. 직접적으로 글쓰기를 훈련하는 유일한 방법은 일정한 양을 정기적으로 쓰는 것이다.

그러나 그저 쓰기만 해서는 안 된다. 어제와 같은 방식으로 글을 쓰면 글쓰기 실력은 결코 늘지 않는다. 좋은 작가들은 어제보다 좋은 글을 쓰려고 노력한다. 주변 사람들에게 글을 보여주며 감상을 묻고, 나쁜 습관을 고치기를 주저하지 않는다. 도돌이표에 갇히지 않으려고 부단히 노력한다. 당신 역시 그래야 한다.

지우는 것 역시 퇴고다

아무리 고쳐도 나아질 기미를 보이지 않는 문장들이 있다면 통째로 지워보자. 그것이 정답인 경우는 의외로 많다. 어떤 문장들은 어눌하게 말한다기보다는 많이 말해서 문제다. 그렇기에 정확하게 말하도록 교정하는 것보다는 말하지 않도록 입을 막는 게 가장 좋다.

관찰해야 한다

"왜 힘써 가르쳐 주지 않으십니까?"

『보바리 부인』으로 당대 최고의 명성을 얻은 플로베르에게 제자가 따지듯 물었다. 작업실을 드나들며 수천 번이나 계단을 오르내렸다는 이야기도 빼놓지 않았다. 제자는 플로베르 친구 여동생의 아들로, 어렵게 문하생이 됐지만 몇 달이 지나도록 이렇다 할 가르침을 받지 못해 몹시 화가 나 있었다. 제자의 원성을 가만히 듣던 플로베르는 감았던 눈을 뜨며 물었다.

"그래. 계단을 수천 번씩이나 오르내렸단 말이지. 그럼. 자네 우리 집 계단이 몇 개인지는 알고 있는가?"

뜻밖의 물음에 제자는 우물쭈물했다. 플로베르는 제자가 평생 잊지 않을 말을 했다.

"자네는 내가 왜 이런 사소한 것을 물어보는지 모를 걸세. 작가가 되려는 사람은 그렇게 관찰력이 없어서는 안 되네. 우리 집안에 있는 것이라면 내 책 위에 먼지 하나까지 빠뜨리지 말고 살펴두고 키가 넘을 정도로 원고지에 습작을 하게."

플로베르의 제자는 1880년에 첫 소설을 발표했고, 사람들은 그를 모파상이라 기억한다.

마음을 흔드는 글쓰기

"저는 태어날 때부터 장님입니다"라고 적은 팻말을 걸고 파리의 미라보 다리 위에서 구걸하고 있는 한 거지가 있었다. 대부분 무심히 지나치기만 할 뿐 동정하는 이는 많지 않았다. 그 모습을 본 한 사나이가 팻말을 뒤집어 몇 자 적더니 거지에게 다시 걸어 주었다. 하루에 10프랑밖에 벌지 못하던 그 장님은 하루에 50프랑까지 벌게 되었다. 사나이가 그곳에 다시 나타났을 때 장님은 그의 손을 붙잡고 감격해 하며 수입이 오른 연유를 물었다. "'저는 태어날 때부터 장님입니다'를 '곧 봄이 오건만 저는 그 봄을 볼 수 없답니다'로 바꿨을 뿐입니다." 사나이는 웃으며 대답했다. 그 사나이는 시인 로제카이유였다.

말하지 말고 보여줘라

10년 전 일을 쓰더라도 온전히 그 당시로 돌아가야 한다. '그녀는 무척 아름다웠다'라고 쓰지 말자. '라떼 같이 연한 눈동자가 긴 속눈

곧 봄이 오건만
저는 그 봄을
볼 수 없답니다.

라떼같이 연한 눈동자가 긴 속눈썹 사이로 나를 응시할 때마다
나는 눈을 껌벅이는 것조차 잊었다.
그녀를 만나고 난 후에는 언제나 눈이 시렸다.

썹 사이로 나를 응시할 때마다 나는 눈을 껌벅이는 것조차 잊었다. 그녀를 만나고 난 후에는 언제나 눈이 시렸다.라고 쓰자. 작가가 판단하는 문장은 날쌔지만 독자가 상상하게 하는 문장은 날카롭다. 그런 문장은 이미지를 선명하게 새기고 지나간다.

소리만으로도 의미를 전달하는 말들

'푹신푹신'은 받침 'ㄱ'과 'ㄴ'만으로도 '푹신푹신'하다. 받침 'ㄱ' 소리는 강하고 곧다. 손가락으로 깊게 찔러 힘닿는 데까지 누른 긴장 상태가 폐쇄음 [k]에 고스란히 실린다. 'ㄴ'으로 넘어가면 소리는 한층 부드럽고 가벼워진다. 'ㄱ' 소리의 팽팽한 긴장이 느슨하게 풀어지고, 완만하고 평온한 상태가 된다. 소파를 검지로 꾹 눌러 움푹 들어간 손가락이 튕겨져 나오려는 상태가 'ㄱ' 소리에 가깝다면, 'ㄴ' 소리는 손바닥 전체로 소파를 쓸어내리는 손짓에 가깝다. 'ㄴ' 소리에는 걸림이나 자극이 없다. 방해가 없으니 충돌과 긴장도 없다. 'ㄱ', 'ㄴ' 소리가 반복해 놓이며 '푹신푹신'은 소리만으로도 푹신푹신하다.

'하품'은 소리만으로도 하품이다. 크게 벌린 입으로 숨이 흐르는 'ㅏ' 소리는 쩍 벌어진 입으로 공기가 흐르는 하품과 닮았다. 'ㅏ' 소리로 한껏 벌어진 턱이 양순음 'ㅍ'으로 정돈되는 과정 역시 하품과 흡사하다. 'ㅍ'와 'ㅁ'은 입술을 떼어 가볍게 숨을 터뜨려 발음하는데, 이 자음들이 고모음 'ㅜ'와 어울리면서 턱의 움직임을 최소화한 소리 '품'을 만든다. 한껏 턱을 벌려야 발음할 수 있는 '하' 뒤에 턱을 조금만 움직여도 소리 낼 수 있는 '품'이 붙은 '하품'이란 단어는 조화롭고 경제적이다.

'머금다'는 어떤가. 물을 마시고 두 입술을 닫는 동작은 양순음 'ㅁ'에 담기고, 혀 아래로 흐르는 물이 혀 밑바닥을 가볍게 자극하는 느낌은 '음' 소리에 감긴다. '머금다'와 '먹다'는 공기가 입에 머무는 시간부터 다른데, '먹다'가 양순음 'ㅁ'과 폐쇄음 'ㄱ'으로 가두어 둔 공기를 그대로 터뜨리는 소리라면, '머금다'는 입안에서 공기가 한 바퀴 구르고 나간다. 그래서 '머금다'는 '머금다'는 말만으로도 공기를 머금은 단어다.

-이다/-다

모음으로 끝나는 단어에 '-이다'를 붙일지, '-다'를 붙일지는 작가에게 꽤나 심각한 문제다. '세상에서 가장 강한 여자는 어머니다'라 적어두고 '어머니다'와 '어머니이다' 사이에서 고민하는 작가들이 의외로 많다. '-이다'는 '-다'에 비해 호흡이 오래 머문다. '-이다'는 머뭇대고 '-다'는 서둘러 떠난다. 독자를 좀 더 머물게 하려면 '-이다'를, 다음 문장을 서둘러 읽히려면 '-다'를 쓰자.

높임말

'-이다'로 끝나는 말은 공적이고, '-습니다'로 끝나는 말은 사적이다. '-습니다'는 읽는 사람에게 친밀감을 준다. 마음의 벽을 허물면 설득하고 이해시키는 일은 의외로 어렵지 않다. 높임말로 글을 쓰는 게 효과적인 글쓰기 전략인 이유다.

고유어

몇몇 작가들은 사전의 도움 없이는 뜻을 가늠하기 힘든 고유어를 마구 늘어놓으며 그 말들을 본인 글의 자랑으로 여긴다. 부디 그러지 말자. 고유어로 활력을 불어넣는 일과 고유어를 사방에 흩뿌려 놓는 일은 전적으로 다르다.

순화어

외래어나 한자어를 쉬운 우리말로 바꾼 순화어 중에는 글쓰기에 도움이 되는 것들이 많다. 아이큐(IQ)의 순화어 '지능 지수'나 '참작(參酌)'의 순화어 '헤아림' 따위가 그렇다. 그러나 드레싱의 순화어 '맛깔장'이나 스타일리스트의 순화어 '맵시가꿈이' 따위는 도저히 쓸 엄두가 안 난다. 어디 의미나 통하겠는가. 아무리 '블루투스(Bluetooth)'의 순화어가 '쌈지무선망'이라지만 모두에게 블루투스는 그저 '블루투스'다. 작가에게도 그래야 한다.

푹 젖어들어라

'차들이 빠르게 달린다'고 쓰면 설명이다. '차들이 굉음을 내며 도로 위를 할퀴고 갔다'고 쓰면 묘사다. '어떻게' 달렸는지를 설명하기 때문이다. '얼굴이 많이 부었다'고 쓰면 설명이다. '물에 푹 젖은 두루마리 휴지처럼 볼품없이 부풀어 이목구비조차 알아보기 힘들었다'고 쓰면 묘사다. '어떻게' 부풀었는지를 느낄 수 있기 때문이다.

빠르든, 크든, 뜨겁든, 서늘하든 '어떻게' 느끼고 받아들였는가를 상세히 그려내지 못한다면 그 문장은 실패할 수밖에 없다. 상세히 그려내려면 찰나의 인상을 곱씹고, 다른 유사한 인상들과 비교해 그것만의 특별함을 솎아 낼 줄 알아야 한다. "그녀의 손은 '보드라웠다'"로 뭉치려 말고, 그 보드라움이 '애인이 떼 주는 솜사탕의 보드라움'이나 '입안에서 혀에 감기듯 녹는 마카롱의 보드라움'과는 어떻게 다른가를 느낄 줄 알아야 한다.

남들보다 자세히 관찰하려면 남들보다 힘껏 젖어들 줄 알아야 한다. 푹 젖어들고, 흠뻑 젖어들고, 남김없이 젖어들자. 힘껏 젖어들어야 힘껏 쓸 수 있다.

웃음은 봄비처럼

독자를 웃기고야 말겠다는 듯 과장을 남발하는 작가는 도저히 감당할 수 없다. "요 며칠 구름 깔고 주무시던 유럽의 늙은 해님이 변덕스럽게 일어나 천지에 불화살을 쏘아대고 계시다" 유독 눈이 많이 내리던 어느 늦겨울에 올라온 이 글은 피서법을 소개하겠다며 뱃심좋게 사실을 과장한다. 우리는 사랑의 화살을 쏘아대는 소녀시대는 알아도 천지의 불화살을 쏘아대는 늙은 해님은 모른다. 그는 또 이렇게 쓴다. "결론은 팥빙수다! 에어컨이 쌩쌩 도는 분위기 있는 카페에서 팥빙수를 딱 하나 시켜 놓고 둘이 먹으면, 우선 입술이 얼어붙고 웨이트리스(마담이면 더 좋지)의 차가운 눈총에 등골도 오싹해지며

혈액이 점차 응고된다" 제 감흥에 취해 글을 쓰니 독자들로선 작가의 넉살을 감당할 수가 없다. 이런 작가는 유머 대사전을 끊임없이 읊어대는 사람처럼 유머를 퍼붓는다. 명심하자. 유머는 집중호우가 아니라 봄비다. 부슬부슬 젖어드는 것이다.

유머는 집중호우가 아니라 봄비다.
부슬부슬 젖어드는 것이다.

종이 위에 올라타기

벌레는 알을 뚫고, 벽을 기고, 암컷과 교미하고, 자식을 낳는다. 그 치열한 삶을 생각하노라면 그 당시 나를 벌레에 비유하는 건 지나친 자기애일 것이다.

지난 한 해 나는 아무것도 아니었다. 힘든 일 년이 될 거라는 역술가의 말처럼 작은 일 하나 뜻대로 풀리지 않는 일 년이었다. '어차피 맘먹은 대로 안 풀리니 아무 일도 하지 말자' 싶어 숨조차 크게 쉬지 않고 살았다. 간간히 오는 문자는 무시하기 일쑤였고, 생사 안부를 묻는 어머니의 전화 두 통 가운데 한 통은 받지 않았다. 느지막이 일어나 영화 한두 편을 보고, 쪽글 한 장을 쓰고, 침대에 누워 내일이 오기를 기다리는 삶. '대학원생 생활고에 비관 자살'이란 기사에 이름을 올리기는 싫어 죽지 못하는 삶이 명주실처럼 이어졌다. 만약 그날 〈뷰티 인사이드〉를 보지 않았더라면 이 글도, 나도 없었을지 모르겠다.

〈뷰티 인사이드〉는 코믹 멜로 영화다. '왜 살아야 하나'를 연신 새김질하는 청년에게 삶의 희망을 불어 넣을 만한 영화는 결코 아니다. 코믹 멜로 영화에서 위안을 얻어야 할 만큼 내몰려 본 사람은 절망에 푹 젖은 채 영화를 보고 웃는다는 게 얼마나 당혹스러운 일인지 알 것이다. 단평이나 남겨야겠다 싶어 영화관에 간 나는 영화를 보는 내내 울다 웃기를 반복했고, 영화를 보고 난 후에는 엉망이 된 얼굴을 추스르고 알라딘 중고 서점에서 한가득 책을 샀다. 그 후로 나는 긴 글 하나를 쓰고 있다.

〈뷰티 인사이드〉는 자고 일어나면 모습이 바뀌는 한 남자의 연애담이다. 오늘은 피부가 터질 듯이 팽팽한 20대 남성으로, 내일은 얼굴에 검버섯이 핀 60대 노인으로, 모레는 뱃살이 두둑한 40대 여성으로 우진은 살아간다. 그렇게 끊어지듯, 이어지듯 살아가던 우진은 가구 매장에서 이수를 만난다. "무슨 일 하시는지 맞춰 봐도 돼요? 가구 만드시죠? 아닌가?" 이수의 말에 우진은 공주를 만난 개구리 왕자처럼 설렌다. 그녀는 가변성으로 가득 찬 삶 속에서 불변성을 발견해 준 유일한 여성인 것만 같다.

사랑이 모든 걸 해결해 줄 것만 같던 이틀이 지나고, 사랑이 모든 걸 망가뜨린 하루가 찾아왔을 때 우진은 흔적도 없이 이수 곁을 떠난다. 아니다. 우진은 어제와는 다른 모습으로 엿보듯 맴돌듯 이수를 사랑하지만, 이수는 우진을 알아보지 못한다. 그렇게 망설이고 주저하던 우진은 저주 같은 결핍을 고백하고, 이수는 인생의 중요한 부분이 누락된 한 남자를 사랑하기로 결심한다.

자고 일어나면 나이도, 성별도, 국적도 달라지는 한 남자를 한 여자가 사랑한다. 그렇다면 여자는 남자의 무엇을 사랑하는 걸까. 감독은 내면이라 답하지만 이 답은 어딘가 수상쩍다. 고백도, 키스도, 청혼도 잘생긴 남자들이 하는데 어째서 정답은 늘 내면인가.

이수는 자조하듯 읊조린다. "가끔 나에게 물었어. 오늘의 나는 어제의 나와 같은 걸까? 날마다 같은 모습을 하고 날마다 다른 마음으로 흔들렸던 어쩌면 매일 다른 사람이었던 건 네가 아니라 나였던 게 아닐까" 우진은 날마다 다른 모습으로 살아가지만 변함없이 가구를 만들고 흔들림 없이 이수를 사랑한다. 무한한 가변성에 짓눌려 사는 우진은 그만큼 변하지 않을 것들을 굳게 지켜낼 줄 안다. 인생의 중요한 것들만은 변하지 않도록 지켜낼 줄 아는 우직함이 이수의 마음을 움직였던 건 아닐까.

영화가 끝나고 나에게 물었다. 나는 우진보다 얼마나 변함없는 사람일까. 매일 같은 얼굴을 하고 같은 치수의 신발을 신지만 어제와는 다른 허영된 꿈을 꾸고, 어제와는 다른 이상을 품고 사는 나는 늘 나로 살고 있는 걸까. 이 물음에 확신이 서지 않아, 나는 글을 쓰며 살기로 결심했다.

하루는 어머니에게 물었다. "엄마, 엄마는 내가 하던 일도 그만두고 이러고 있는데 뭐 하고 있는지 안 궁금해?"잔소리를 늘어놓으며 자취방을 청소하던 어머니는 그저 "뭐 말하면 아나. 알아서 잘하고 있겠지…. 뭐 하고 있는데?"가 전부였다. "음…. 뭐, 책, 써." 짧은 대화를 나누고, 밥을 짓고, 식사를 마칠 때까지 어머니는 그 이상 아무 것도 묻지 않았다. 어머니는 늘 그랬다. 아들에게 부담감을 주지 않겠다고 다짐한 순간부터 "공부 안 하냐", "취업 생각은 없냐" 따위의 말들을 일체 하지 않았다. 지금껏 그런 어머니에게 "고맙다, 미안하다, 사랑한다."는 말 한마디 제대로 못했다. 이 글을 빌어 사랑한다고 말하고 싶다.

하루는 아버지가 물었다. "아들, 짜식이 어째 전화 한 통이 없어. 책 쓰느라 많이 힘드냐?"등단한 작가도 아닌 내가 책을 쓴다고 했을 때, 아버지는 비관적인 현실을 운운하며 설교를 늘어놓거나, '그거 쓰면 내줄 곳은 있냐?'따위의 질문 한 번 한 적이 없다. 그저 '쓴다고 했으니 나오겠지'하고 기다리셨다. 공부를 특출나게 잘하지도 못했고, 타고난 재능도 없는 나지만 아버지에게만큼은 늘 '공부 잘하는 아들', '자랑스러운 아들'이었다. 그런 내가 친척들 보기가 민망해 '이번 추석에는 서울에 남겠다'고 할 때에도 그저 바쁘겠거니 하셨던 것 같다. 모자라고 부족한 아들을 한결같이 믿어주셔서 그저 고맙고 감사하다.

누나는 늘 묻는다. 혼자 지낼 만은 한지, 건강은 괜찮은지, 이것저것 묻고 이야기한다. 심드렁하게 대꾸해도 화내거나 혼내지 않는 착한 누나다. 방에 틀어박혀 책을 읽고 있으면 슬그머니 들어와 최근에 찍은 사진들을 보여주며 근황을 전달하고 어떻게 사는지를 묻는다. 나로선 뭔가를 말하고 싶은데, 책을 읽고 글을 쓰는 게 전부인지라 말해줄 게 별로 없었다. 이 책이 별일 없는 일상에 그나마 이야깃거리가 되어줄 거라 믿는다. 이 글을 빌어 누나에게도 늘 미안하고 고맙다고 말하고 싶다.

책을 써야겠다고 결심했지만 출간할 수 있을지 의심하는 나날들이 이어졌다. 책을 쓰는 동안 용기를 준 분들이 없었다면 온전히 책을 엮지 못했을 것 같다. 그들에게 이 글을 빌어 감사 인사를 전하고 싶다. 우선 이 글을 '브런치'에 올리기 전부터 내 글을 읽고 애정어린 조언과 충고를 아끼지 않은 박민지, 안지연, 최유정에게 감사 인사를 전하고 싶다. 싫은 기색 없이 수 시간 가량 카페에 앉아 글을 읽어 준 그들 덕분에 글의 방향을 잡을 수 있었다. 룸메이트 박성근에게는 늘 미안하고 고맙다. 동거한다는 이유만으로 수시로 글을 읽어주느라 힘들었을 텐데, 늘 기꺼운 마음으로 글을 읽고 조언해 줬다. 지금처럼 늘 좋은 친구처럼, 형제처럼 지냈으면 한다. 멀리 떨어져 있으면서도 일상을 공유하는 육장단원들에게도 고맙다는 말을 전하고 싶다. 특히 이현규의 독려는 글을 다듬는 내내 큰 힘이 되었다. 좋은 출판사와 인연을 맺어 준 방호준에게도 감사의 마음을 전한다. 김용수는 글의 결점을 날카롭게 비판하는 것부터, 용기를 주는 일까지 어느 것 하나 소홀함이 없었던 좋은 친구다. 책을 쓰고 고치는 내내 용수의 조언과 격려가 큰 힘이 되어주었다. 부족하기만 한 글에 늘 찬탄을 아끼지 않는 정호용도 든든한 지원군이 돼 주었다.

이 책을 쓰는 동안에는 하루에 10시간씩, 한 주에 60시간 이상을 오로지 글을 쓰는 데 쏟았다. 그렇게 혼자 글을 쓰다보면 마음에 드는 단어 하나에도 무상의 기쁨을 느끼고, 사소한 실수에도 극심한 절망감에 사로잡히는 나약한 존재가 되는데, 그 응석을 기꺼이 받아준 김송이에게도 감사의 마음을 전한다. 늘 모자란 형을 좋게만 봐주는 김종민과 든든한 문우(文友) 최아라 역시 책을 다듬는 동안 큰 힘이 되어주었다. 이밖에도 구슬, 김민선, 김민정, 김순영, 손근혜, 임기원, 조동욱, 최현찬, 하다원 이외에 이름을 언급하지 못해 미안한 신문사 후배들에게도 감사의 말을 전한다. 이 책에서 좋은 문장을 발견할 수 있다면, 그 문장은 열거할 수 없을 만큼 많은 후배들의 글을 읽으며 든 생각을 정리한 결과물일 것이다. 늘 그들에게 감사하는 마음으로 단어 하나도 함부로 쓰지 않겠다.

이 책의 가장 큰 행운은 좋은 편집자를 만난 것이 아닌가 싶다. 일러스트를 넣고, 제목을 정하고, 책을 디자인하는 제(諸) 영역에서 나는 의견을 적극적으로 피력하는 작가 중에 하나였는데, 김형욱 팀장님은 그런 신인 작가의 의견을 적절히 받아들이면서도 편집자로서의 소신을 잃지 않는 균형 잡힌 모습을 보여주었다. 이 책에서 미덕을 발견할 수 있다면 그건 김형욱 팀장님의 공이 아닐까 싶다.

교수님들께도 감사 인사를 전하고 싶다. 김흥식 교수님은 폭넓은 지식과 탁월한 문장력으로 제자들을 압도하는 거인이다. 교수님께 인정받고자 수개월 간 자료를 수집하고, 수십 번 글을 고친 훈련 과정이 없었다면 이 책을 끝내 완성하지 못했을 것이다. 이경수 교수님은 절망에 푹 젖어 불쑥 찾아간 내게 늘 따뜻한 차 한 잔과 그보다 더 따뜻한 말 한마디를 건네주시던 분이다. 근래에는 풀이 죽은 모습만 보여드렸는데 책을 드리는 날에는 예전처럼 씩씩한 모습을 보여드리고 싶다. 박명진 교수님은 냉철한 지성과 비판 정신을 겸비한 분이다. 2008년부터 교수님의 수업을 들으며 인문학을 배운다는 것의 즐거움을 깨달았고, 여전히 교수님의 수업을 들으면서 새로운 자극을 받곤 한다. 신문사 기자들과 못난 국장을 품어주신 황완균 교수님께도 특히 감사의 말씀을 전하고 싶다.

학보사에서 신문을 만들고, 대학원에서 공부하며 많은 선배들과 교유했다. 그들 모두가 소중하지만 특히 박철호, 이정현, 전종윤 선배에게 감사 인사를 전하고 싶다. 후배의 치기 어린 행동을 넓은 마음으로 받아준 세 분이 없었다면 대학생활이 지금과는 다른 색과 질감으로 다가왔을 것이다. 신문사 일과 대학원 공부를 병행하며 힘들어하던 나를 위로해 준 황혜현 누나에게도 감사의 말을 꼭 전하고 싶다.

이 책에 들어가는 그림은 모두 박준이의 것이다. 준이와 그림에 대해 이야기를 나눈 순간은 이 책을 만들면서 가장 즐거웠던 시간이다. 책으로 전달하고픈 두루뭉술한 느낌부터 구체적인 형상까지 모든 걸 거리낌 없이 의논할 수 있는 그림 작가와 함께할 수 있었던 건 아주 큰 행운이다.

마지막으로 젊은 작가의 글을 열린 마음으로 읽어 주고 책을 낼 기회를 준 방현석 주간님과 내 글이 누군가에게도 큰 울림을 줄 수 있음을 알게 해 준 '브런치'의 소중한 독자분들께도 감사의 말을 꼭 전하고 싶다. 지난 한 해 카페에 앉아 글을 쓰며 생각했다. 내 글이 책으로 나오지 않는다 해도 '어떠한 기대도 희망도 없이 그저 쓰자'고. 그 마음 잃지 않으며 성실히 글을 쓰는 작가로 기억에 남고 싶다.

이준기

"준이야, 그림 그려보지 않을래?"

지난겨울. 선배의 제안을 받고 "그려 보고 싶다"고 말하기까지는 많은 용기가 필요했다. '내가 좋은 그림을 그릴 수 있을까'라는 근본적인 고민부터, '이 책에 삽화가 필요할까', '내 그림체가 선배의 글과 잘 어울릴까'라는 실제적인 고민까지. 너무나도 잘 완성돼 있었던 예쁜 글에, 행여나 오점을 남기지 않을까 고민하고 또 고민했다.

이 모든 고민들을 단번에 날려 주었던 건 주변 이들의 진심 어린 조언이었다. 그들은 때로 따뜻한 칭찬으로 용기를 불어 넣어주었고, 때로는 더 나은 그림을 위한 냉철한 충고와 조언을 아끼지 않았다.

우선 내게 좋은 기회를 주고 작업 과정 내내 싫은 기색 없이 나의 질문들을 받아 준 이준기 작가님께 감사드린다. 바쁜 와중에도 미흡한 후배의 질문에 일일이 답변해주느라 고생이 많으셨다고 말씀드리고 싶다.

작업 내내 일러스트의 콘셉트 및 구성에 대해 함께 논의하고 검수해 주신 어머니, 조언과 칭찬을 아끼지 않았던 아버지, 지겹도록 나의 그림을 봐야 했던 내 친구들 한소희·박소담·노채은·박정은·조혁만 그리고 한상아에게도 고마움을 전하고 싶다.

온전히 나의 그림과 캘리그래피로 『보통 사람의 글쓰기』라는 예쁜 책을 파스텔 톤으로 물들일 수 있는 소중한 경험을 하게 되어 내내 행복했다.

박준이

인용구 출전

- 김선주, 「이런 '겸손한 제안'」, 한겨레, 2010
- 김양수, 「생활의 참견」, 네이버 웹툰, 2013
- 김영랑, 『모란이 피기까지는』, 미래사, 1991
- 백석, 『다시 읽는 백석 시』, 소명출판, 2014
- 최승자, 『이 시대의 사랑』, 문학과지성사, 1981
- 서민, 「윤진숙, 당신은 나의 스승입니다」, 경향신문, 2013
- 신형철, 『느낌의 공동체』, 문학동네, 2011
- 신형철, 『몰락의 에티카』, 문학동네, 2008
- 신형철, 『한국 작가가 읽은 세계문학』, 문학동네, 2013
- 아이유, 〈마음〉, 로엔 엔터테인먼트, 2015 (KOMCA)
- 정민, 『스승의 옥편』, 마음산책, 2007

지은이 이준기

1988년 여름 인천에서 태어났다. 중앙대학교 국어국문학과를 졸업하고 같은 학교 대학원 국어국문학과에서 석사 학위를 받았다. 2008년 여름부터 《중대신문》에서 기자 생활을 시작해 2015년 봄까지 글을 쓰고 글쓰기를 가르쳤다. 지은 책으로는 『다시 읽는 백석 시』(공저)가 있다.

그린이 박준이

1994년 출생. 그림 재주를 물려받았으나 애써 부정하며 중앙대 국문과에 입학했다. 글쓰기에 관심이 많지만 아이러니하게도 일러스트나 캘리그래피를 부탁 받는 경우가 잦다. 《중대신문》에서 2년 간 학생 기자 겸 일러스트레이터로 활동했다.

보통 사람의 글쓰기

2016년 8월 19일 초판 1쇄 펴냄
2016년 12월 9일 초판 2쇄 펴냄

지은이 이준기 | **그린이** 박준이 | **펴낸이** 김재범
책임편집 김형욱 | **편집** 윤단비 | **관리** 강초민| **디자인** 나루기획
인쇄·제본 AP프린팅 | **종이** 한솔PNS
펴낸곳 (주)아시아 | **출판등록** 2006년 1월 27일 | **등록번호** 제406-2006-000004호
전화 02-821-5055 | **팩스** 02-821-5057 | **이메일** bookasia@hanmail.net
주소 경기도 파주시 회동길 445(서울 사무소: 서울시 동작구 서달로 161-1 3층)
홈페이지 www.bookasia.org | **페이스북** www.facebook.com/asiapublishers

ISBN 979-11-5662-269-7 03800

* 값은 뒤표지에 표시되어 있습니다.

이 도서의 국립중앙도서관 출판시도서목록(CIP)은 서지정보유통지원시스템 홈페이지
(http://seoji.nl.go.kr)와 국가자료공동목록시스템(http://www.nl.go.kr/kolisnet)에서
이용하실 수 있습니다. (CIP2016016006)